D1735676

Ursula Erler, Auch Ehen sind nur Liebesgeschichten

Ursula Erler

Auch Ehen
sind nur Liebesgeschichten

Roman

Verlag Huber

ISBN 3 7193 0653 4
© 1979 Verlag Huber Frauenfeld und Stuttgart
Satz und Druck: Graphische Unternehmung Huber & Co. AG,
Frauenfeld
Printed in Switzerland

Erster Teil

I

Viele weißwinzige Punkte in blauen Abgrund geschüttet – ich liege in der Kindheit, in der Schürze meiner Großmutter. Bald wird mich meine Mutter ermahnen, zur Schule zu gehen. Aber der Schulhof hatte zwei Tore: Berrenratherstraße und Manderscheiderstraße. Berrenratherstraße hat sie mich eingeliefert, Manderscheiderstraße bin ich entwischt. So hatte ich keine Zuckertüte. Spielte stattdessen im Trümmergrundstück Nonnenwerthstraße 2. Und für immer alles verpaßt.

Fräulein Päsler sagte: «Du singst uns das Schäfchenlied vor.»

Ich war an der Reihe. Ich sang das Schäfchenlied und bekam eine Eins. Aber nach drei Monaten – ich war immer noch fünf – wechselte Fräulein Päsler in die Ib, und Herr Ostermann aus der Ib unterrichtete Ia, und ich habe ihm den ersten Heiratsantrag meines Lebens gemacht. Vor der Klasse und genauso laut, wie ich das Schäfchenlied vorgesungen hatte: «Heirate mich, Herr Ostermann.»

Herr Ostermann hat bei meinem Vater Beschwerde eingelegt. Mein Vater verständigte meine Mutter. Meine Mutter hatte das Unglück schon kommen sehen. Nie wieder konnte irgend etwas gut werden.

Mädchen, kleine oder große, warten, bis sie angesprochen werden.

An diesem Abend habe ich gleich fünfmal hintereinander «Lieber Gott, mach mich fromm, daß ich in den Himmel komm» gebetet.

Wieder falsch. Hatte etwa Gott mich angesprochen?

«Wer das Beten übertreibt», sagte meine Mutter, «den sieht Gott nicht an.»

Es ist ein Glück, daß ich meine Großmutter hatte. Nicht einmal der Gemischtwarenhändler Ecke Wichterichstraße und Wittekindstraße wußte über ihre Lebensumstände Bescheid. Dabei kauften für meine Großmutter an den einzelnen Wochentagen folgende Personen ein: Montag – Tante Maria Wiesenthal, Dienstag – Frau Suse Borgh, Mittwoch – Cousine Mary Oyxter, Donnerstag – Freundin Grete Altermann, Freitag – Schwester der Freundin, Frieda Altermann, Samstag (aber sie starb dann bald an Tuberkulose) – Fräulein Magda Hauff.

Sie alle lebten in Wohngemeinschaft, in der Wittekindstraße 4. Unter dem Dach die vergessene Sängerin in Untermiete. Im übrigen war das Haus anständig bewohnt, Familien, wie wir zu Hause eine bildeten: Vater, Mutter, liebes Kind. Liebes Kind sagte allerdings nur meine Großmutter zu mir.

Ich durfte eigentlich gar nicht zu Großmutter. Mein Vater hatte meiner Mutter ein für allemal gesagt, daß er das nicht wünschte. Meine Mutter hatte mir ein für allemal gesagt, daß Vater das nicht wünschte. Deshalb war ich die meiste Zeit bei meiner Großmutter.

Ihr gehörte eine ganze Etage. Sechs Zimmer an einem langen Flur. Meine Großmutter wohnte in Eßzimmer und Wintergarten, Tante Wiesenthal in der Speisekammer auf einer Pritsche, zwischen Holzfässern mit schwimmenden Gurken und Heringen (es handelte sich um die Nachkriegsjahre), Frau Borgh in der Wohnküche, Cousine Oyxter im Erkerzimmer zur Straße heraus, Fräulein Hauff mit Blick zum Hof nach hinten heraus, Frieda Altermann im Grünen Zimmer und Grete Altermann bei meiner Großmutter. Sie war ja die Freundin.

Meine Großmutter war schon lesbisch, als meine Mutter noch in den Windeln lag. Und das war eine Sache von tieferer Bedeutung. Meine Mutter ist noch heute unglücklich darüber. Wie kann man seinem Kind so etwas antun. Das finde ich auch. Obgleich, als meine Tochter in den Windeln lag ... es gibt wohl so etwas wie Familiengeschichte.

Außerdem gehörte meine Großmutter nicht unserer Nation an. Nicht einmal meiner Mutter ist das gelungen. Aber Frankreich ist ja Nachbarland.

Alle Moral, über die ich verfüge, ist ein Erbteil meines Vaters. Meine Mutter hat ihm übrigens stets beigepflichtet. Bereits ihr eigener Vater war unmoralisch. Er traf sich mit fremden Frauen und besaß die Unverfrorenheit, meiner Großmutter einen Veilchenstrauß mitzubringen, wenn er anderswo eine besonders angenehme Nacht verbracht hatte. Meine Großmutter freute sich über die Veilchen und steckte sie Grete – das war immer schon ihre Freundin – an den Hut.

Ich bewundere noch heute, wie blaß mein Vater werden konnte. Es gibt eine moralische Glaubwürdigkeit, die Kinder beeindruckt.

Hundertmal am Tag fiel ich der ewigen Verdammnis anheim, allerdings ebenso oft wurde ich auch wieder gerettet.

Auf dem Manderscheider Platz wuchsen damals noch wilde Kirschbäume. Nur mitten im Juli und nur mit meinem schönsten weißen Kleid saß ich gerne im Kirschbaum. Und erst, wenn ich die Kirschflecken auf dem weißen Kleid nicht mehr zählen konnte, ging ich gerne wieder nach Hause. Mindestens sechs Sommer lang. Und mein Vater wurde dann regelmäßig fast so blaß wie über meine lesbische Großmutter.

Aber Unart und Entartung sind für die Moralität noch keine ausgewachsenen Gegner. Der eigentliche Gegner der Moralität ist die Lüge. Und ich war ein lügenhaftes Kind. Ich log von morgens bis abends. Ich log so schnell, daß mich keiner unterbrechen konnte. Ich saß im Ohrensessel und beichtete laut nie begangene Sünden. Im voraus. Weil ich sie unfehlbar doch alle begehen würde.

Mit sechs Jahren sprach ich von dem Hurenleben, das ich mit drei Jahren geführt hatte. Da Worte wie Hurenleben bei uns gelegentlich fielen, war das nicht unverständlich.

Außerdem liebte ich meine Großmutter. Und da Kinder immer gerne so werden möchten wie Erwachsene, die sie lieben, mußte ich ein Hurenleben führen, um ihr zu ähneln.

Ich ging unauffällig die Berrenratherstraße herunter, überquerte den Manderscheider Platz, lief durch die

Wichterichstraße, passierte die Sülzburgstraße und bog rechts ab, Wittekindstraße 4. Wenn ich schnell war, schaffte ich es in fünf Minuten.

Da Moralität und Hurerei so dicht beieinander wohnten, gab ich mich gelegentlich auf dem letzten Treppenabsatz zur Hurerei noch moralisch, und umgekehrt, auf dem letzten Treppenabsatz zur Moralität, hurenmäßig, wenngleich ich nie genau herausgefunden habe, was eine hurenmäßige Aufführung ist.

Denn meine Großmutter war eine reizende Frau. Immer in schwarzen Kleidern – sie war ja mit siebenundzwanzig Jahren Witwe geworden, Großvater hatte sich eine Hirnhautentzündung zugezogen – und mit einem großen Schlüsselbund unter der Schürze. Weshalb es, wenn ich den Kopf in die weißwinzigen Punkte im blauen oder schwarzen oder blauschwarzen Abgrund legte, auch immer nach Schlüsselbund klingelte. Und das konnte heißen: Eßzimmer oder Schlafzimmer oder Kommodenschubfach oder Speisekammer oder Badezimmer oder auch verbotener Markttag.

Verbotener Markttag hieß: Großmutter und ich gingen auf den Markt. Bei jedem Schritt klingelte das Schlüsselbund, und ich träumte von Radieschen, Schnittlauch, Petunien und einmal im Jahr auch Osterglocken.

Wenn verbotener Markttag zu Ende war, wünschte ich, ich wäre so klein wie eine Maus, und niemand würde nach mir suchen. Aber man fand mich doch immer wieder, weshalb ich die Geschichte von dem Mäusebegräbnis erlog.

Ich behauptete, man hätte mich doch längst begraben und könne mich daher nicht mehr suchen. Tante Wiesenthal hätte einen Schleier vor dem Gesicht gehabt, Tante Grete und Tante Frieda hätten den Sarg vorne angefaßt, Tante Mary und Tante Suse hätten ihn hinten angefaßt, und beinahe wäre er ihnen zu schwer geworden, als sich nämlich auch noch meine Großmutter auf den Sarg gesetzt hätte. Da protestierten sie alle laut. Und ich sagte: «Ihr könnt euch nur nicht mehr erinnern, ihr wart da noch Mäuse.» Aber das wollten sie nicht gewesen sein. Und ich mußte nach Hause.

Es ist schwierig, Kindheit und Moral zu verbinden. Kinder wollen alles, was ihnen gut gefällt, immer. Heute gefällt mir auch noch manches gut. Aber wenn ich irgendwo eine Kaffeetasse mitnehmen will, die mir gefällt, gehört sie zu irgendeinem ganzen Service, und der Gastgeber sieht mich befremdet an. Es ist alles wie immer. Auf einen Tag Süßigkeiten gehäuft – «hast du Nikolaus nicht noch weglaufen sehn?» – und Wochen danach nichts. Weihnachten war bei uns ein Fest der Innerlichkeit. Vierzehn Tage brannte ein verzweifelt hoher Christbaum, mit allem behangen, was das Herz begehrt, an Holz und Marzipan und Silber, Glas und Stroh. Aber bis Ostern mußten die Wünsche aufgehoben werden. Mit Christi Geburt war der Welt das größte Geschenk geworden. Unbedeutendere Sachen, wie Roller mit Gummirädern, Puppen, Bällen, Reifen, Gießkannen, verteilten sich auf sonstige feierliche Anlässe – Ostern, Geburtstag, Onkel Palm.

Deshalb endete alles immer wieder in der Schürze meiner Großmutter. Alle Windmühlenflügel, alles Wasser, aller Matsch.

«Kannst du sterben, Großmutter?»

Großmutter war sich da nicht ganz sicher. Es kam schon vor, daß Leute starben.

«Dann waren sie wohl unmoralisch?»

Großmutter wollte, daß ich das Wort noch einmal sagte.

«Unmoralisch», wiederholte ich laut.

«Ja», resignierte Großmutter, «ungefähr so verhielt sich das wohl.»

Ich selbst wäre manchmal ganz gerne gestorben. Dafür mußte ich also besonders unmoralisch sein. Andererseits, wenn ich dann doch lieber leben wollte, mußte ich fromm sein. Ich war so fromm, daß ich den ganzen Himmel herunterbetete. Weit und breit nur liebes Kind.

Liebes Kind hat weiße Kniestrümpfe an, und sie werden den ganzen Tag nicht schmutzig. Liebes Kind hat Schleifen im Haar, und sie sitzen den ganzen Tag fest. Liebes Kind gießt die Blumentöpfe auf allen Fensterbänken. Liebes Kind bittet um den Honig aus dem Kunsthonigglas und überläßt Vater und Mutter den echten Bienenhonig.

Liebes Kind sagt, daß es Maisbrot am liebsten ißt. Liebes Kind sagt, daß es gerne in die Schule geht. Liebes Kind lernt ungefragt Lesestücke auswendig. Liebes Kind berät sich mit Gott, wie lange es noch liebes Kind sein muß.

Gott war sich da nie ganz sicher, ähnlich wie Großmutter sich nicht ganz sicher war, ob sie irgendwann sterben mußte.

Später, in Weidenpesch, später, in Worringen, später, in Flittard, längst nicht mehr liebes Kind, immer die Schule geschwänzt, Gott nicht mehr zu Rat gezogen, zwölf Jahre, dreizehn Jahre, vierzehn Jahre, viel auf den Dämmen Richtung Worringen, bißchen Gras obendrauf, im Frühjahr natürlich noch nicht so sehr, Schafe links und rechts, Schiffe neben mir, wer ist schneller, die Schiffe oder ich?

Ich behaupte heute noch, daß die Frachtschiffe langsamer waren als ich.

Im Sommer die Kornfelder, endlich, und wenn die ganze Stadt nach mir suchte, sie fanden mich nicht.

Später die ersten Freundinnen, später die ersten Freunde ins Kornfeld verschleppt. Da sieht man nichts, aber wetten kann man, der Himmel ist so blau wie immer.

Mädchen, kleine oder große, warten manchmal eben nicht, bis sie angesprochen werden.

Gerd und Günter, Lissi und Helene, zu fünft waren wir gut versteckt. Wenn wir abends die Dämme zurückkamen, uns der Stadt wieder ablieferten, Straßenbahnhaltestelle Neußer Straße, Weidenpesch, Nippes, Agneskirche, Ebertplatz, Christophstraße, Friesen Platz, Rudolf Platz, Zülpicher Platz, Barbarossa Platz, umsteigen: Richtung Klettenberg, war der Tag vollbracht.

Weit und breit nicht mehr liebes Kind. Alle Tage verstockt. Ich will keine Mathematik, nicht Englisch, Französisch, Latein, Turnen, Religion, Physik, Hand-

arbeit, Chemie. Und warum ausgerechnet Deutsch
– Grammatik, Orthographie, mündlicher Ausdruck,
schriftlicher Ausdruck? Was fängt man damit an?
Manchmal dachte irgendein Schäfer zwischen Wor-
ringen, Dormagen und Zons, ich gehörte zur Her-
de. Jedenfalls ging ich da mit, nicht einmal der
Hund hat sich beschwert.
Aber von anderswo kamen Beschwerden.
Wir bedauern. Lange genug Geduld gehabt. Emp-
fehlen ein Internat. Nonnenwerth. Schwer zu ent-
kommen, liegt auf einer Insel, aber mit schönem
Blick auf das Siebengebirge.

Liebes Kind geht zwischen Vater und Mutter, zwölf
Jahre alt. Nonnenwerth ist wirklich hübsch, nur mit
einem kleinen Kahn zum Ufer hin verbunden.
«Ach, Liebster, weißt du wohl, wo du mich suchen
mußt, wie du mich befreien kannst, bei Nacht auf
dem kleinen Kahn? Und dann fahren wir die deutsche Geschichte herauf, Loreley, Bingen, Worms,
und in Speyer halten wir Hochzeit im Dom.»
Aber ich hatte keinen Liebsten. Ich hatte Günter,
und ich hatte Gerd, aber so weit ließen die sich
wohl nicht ein. Eine Ehe, das sehe ich heute nach
zehn Jahren Ehe ganz deutlich, ist ein Entschluß
fürs Leben. Hätte er mich damals mit zwölf geheiratet, wäre alles noch einmal gut gegangen. Aber da
kannte er mich dummerweise noch nicht.
Also mußte ich versuchen, meinem Leben ein
Ende zu setzen. Denn gefangen werden, nur um
Mathematik, Englisch, Französisch, Latein zu ler-

nen, das ist ein Schicksal, das nicht jeder auf sich nehmen kann.

Ich habe alles trotzdem noch gelernt. Sogar Griechisch, Gotisch, Althochdeutsch. Und alles wieder vergessen. Soll ich etwa mit meinen Töchtern althochdeutsch sprechen? Und was wäre damit gewonnen?

Gelegentlich behaupte ich allerdings steif und fest, daß sich die Parallelen im Unendlichen schneiden, ich hätte das so gelernt. Dann ist immer irgendein hilfreicher Mensch zur Hand, der mir bestätigt, es verhielte sich tatsächlich so, und überhaupt wäre es gut, von Zeit zu Zeit die Erinnerungen aus der Schulzeit aufzufrischen.

Leider habe ich da wenig Erinnerungen. Ich sah viele Schulgebäude und erinnere mich, daß sie oft abseits lagen. Irmgardisschule. Hildegardisschule. Königin-Luisen-Schule. Ursulinenschule. Kaiserin-Augusta-Schule. Genovevaschule. Alles sehr weibliche Namen und stille Plätze in der näheren Umgebung. Ich verhielt mich auch meistens still, um die Ruhe dieser Plätze nicht zu stören, sah auf spielende Kinder, blätterte in meinem Gesangbuch, zeichnete auf den Schulzeichenblock, den ich immer bei mir hatte, einen Vogel und hoffte, daß ein Dekret erlassen werde, das vorschrieb, in allen öffentlichen Anlagen Jasmin anzupflanzen.

Es kann ein höheres Pflichtbewußtsein geben, das verlangt, sich den allgemein anerkannten Pflichten zu entziehen. Das kann sogar so weit gehen, daß man ins Auge fassen muß, auf einem öffentlichen

Platz verbrannt zu werden, um diesbezügliches Pflichtbewußtsein nicht zu verraten.

Die Tage, an denen ich meine Schulen von innen gesehen habe, haben mich jedenfalls in der Regel so blaß werden lassen wie meinen Vater die Tage, an denen ich meine Schulen von außen betrachtete. Es gibt offensichtlich zwei Moralbegriffe: den des allgemein Anerkannten und den einer gewissen stillen Abseitigkeit.

Die jährliche Baumblüte beispielsweise sah ich vorurteilsloser als die Bauern in Alfter, Bornheim, Walberberg, alles Orte an den Hängen des Vorgebirges. Die Bauern aus Walberberg interessieren sich mehr für die Kirschbäume in Walberberg als für die Apfelbäume der Bauern in Alfter. Ich behaupte aber, wenn man nur die Kirschbaumblüte sieht und nicht auch die Apfelbaumblüte, ist das Blickfeld eingeengt.

Wenn man frühzeitig in einer mit weißwinzigen Punkten überschütteten Küchenschürze gelegen hat, hat man die Vorstellung, es gäbe alles, was es gibt, unendlich und immer und überall.

Aber das stimmt nicht. Jedenfalls nicht immer und überall, aber manchmal; doch ich will lieber der Reihe nach erzählen, sonst müßte ich mir einen Plan machen, und dann könnte ich ja auch genau so gut wieder zur Schule gehen. Einfallen lassen darf man sich nur da etwas, wo nichts von einem erwartet wird. Einfallen lassen darf man sich nur da etwas, wo man geliebt wird.

Großmutter hat immer gemacht, daß ich mir eingefallen bin. Sie hatte selbst keine sehr deutlichen Vorstellungen, wie etwas sein mußte. Sonst ist man wohl auch nicht gleichzeitig zwanzig Jahre alt und ein Jahr verheiratet, mit einjähriger Tochter in kleinem Spitzenkleid und kleinem Spitzenhut, weil der Photograph gekommen ist, und liegt nachts mit der Freundin zusammen und frühstückt morgens mit dem Mann zusammen und steckt der Freundin seine Veilchen an den Hut.

Wie kann man bei einem solchen Lebenswandel noch mit siebzig Grübchen haben? Es ist eine Schande, wie mein Vater immer gesagt hat. Und Tante Wiesenthal und Tante Suse und Tante Frieda und Tante Mary und Tante Magda lachten auch noch zu den Grübchen und Fältchen, mit denen meine Großmutter morgens beim Frühstückstisch ihrer Freundin zuzwinkerte. Aber einer mußte schließlich die Familientradition bewahren, und das bin ich.

Allerdings, ich habe im Unterschied zu meiner Großmutter auch eine Ehe, eine wirkliche Ehe, und das schon seit zehn Jahren, während meine Großmutter sich an eine solche für nur sieben Jahre ihres Lebens und noch dazu mit sehr gemischten Gefühlen erinnern kann. Das heißt nicht, daß ich nicht auch gemischte Gefühle habe. Vielleicht gibt es überhaupt keine Ehen ohne gemischte Gefühle.

Ich denke mir also, daß ich mir diese gemischten Gefühle hier nach und nach einfallen lassen will, womit ich indirekt zugebe, mich von meinem Mann ebenso geliebt zu wissen wie von der Küchenschürze meiner Großmutter. Denn sonst dürfte mir ja nichts einfallen.

II

Wenn man viertausenddreihundertundachtzig Nächte lang zusammen geschlafen hat, ist es nicht leicht, einzelne davon gegen die anderen abzuheben. Deshalb fange ich mit einem Morgen an. Da waren wir allerdings genaugenommen noch nicht verheiratet. Aber darauf kommt es nicht an.

Man kann sich in der ersten Achtelstunde für immer verstehn und danach jahrelang durch Täler von Fremdheit gehn, und plötzlich an irgend so einem komischen Morgen versteht man sich noch besser als in der ersten Achtelstunde. Auch Ehen sind nur Liebesgeschichten. Allerdings, Täler von Fremdheit waren es bei uns nicht. Andere Täler. Normale, grüne Täler.

Wir führten jahrelang eine Kinderehe. Ich kann nicht einmal ganz sicher behaupten, daß sich das heute überhaupt nicht mehr so verhält. Aber vielleicht muß ich erst sagen, was Kinderehen sind.

In Kinderehen faßt man sich bei der Hand. Das tun wir auch heute noch. Jedenfalls, wenn Flugzeuge plötzlichen Lärm machen oder Tante Scheer nicht so gerne wieder in die DDR zurückfährt oder Väter sterben – unsere Väter sind inzwischen gestorben –

oder unsere Töchter uns morgens im Bett besuchen. An dem Morgen, von dem ich erzählen will, hatten wir noch keine Töchter. Wir hatten noch nicht einmal zusammen geschlafen. Das wollten wir ja gerade tun.

Wir waren nach Tuttlingen gefahren und wollten später noch durchs Donautal, aber zuerst eben zum Witthoh hinauf, da oben hatte er mal eine Freundin geküßt, sie zwölf, er zwölf, was blieb uns da anderes übrig?

Aber wir haben den Witthoh nicht genau gefunden. Vielleicht hätten wir ihn genau finden können. Wir waren schon ziemlich weit oben, aber eben nicht so hoch wie der Witthoh selbst.

Da war ein Waldstück, ganz gemischter Wald, und vor allem gefällte Baumstämme, schön gestapelt wie ein Bett.

Und da die Sonne schien, soweit das ging, durch die Bäume, war das ein ausgezeichneter Platz.

Man muß nicht sagen, daß Eindringen wehtun muß, es kann auch wie im Traum passieren, dann tut es nicht weh, oder wenn doch, hätte man es nicht bemerkt. Man stützt sich mit den Händen auf dem Holz gut ab, damit die Baumstämme nicht ins Rutschen geraten und abrollen, und liegt ganz still, das Gesicht in die Sonne, soweit die das eben schafft, durch die Bäume hindurch und wartet ab. Man freut sich, daß der andere Kopf jetzt so nah kommt, Haar auf Haar stippt, Augen neugierig sind, Körper ganz warm und weich und weiß – weiß jedenfalls, wenn es erst im Frühling ist – auf einem liegt.

18

Und hinterher geht man doppelt im Traum daher und denkt, man wäre schwanger. Ach, das hätte ich nicht sagen dürfen. Vielleicht hat es ihn schon gekränkt, wie schnell ich so etwas auch nur denken konnte. Ist er denn nicht selbst erst einmal neu, ganz neu? Ist er. Nur, komischerweise, stört mich das nicht. Natürlich ist er neu, aber warum sollten wir nicht ein Kind zusammen haben?

Doch dann hätte ich auch ganz schnell schon einen Bauch und könnte nicht mehr so leicht, so wie jetzt wir, den Witthoh – oder was wir dafür hielten, eigentlich nur dafür halten wollten – hinunter laufen, davonlaufen, bis ins Tal hinein. Stimmt.

Aber wenn ich unten in der Eisenbahn – wir fuhren noch zwei Stationen ins Donautal hinein – alles so mit Tränen überschwemmt habe wie Schneeschmelze, dann deshalb, weil eben doch nie alles unendlich immer und überall ist. Warum hatte ich jetzt nicht schon unser Kind auf dem Schoß? Es könnte doch mit durchs Donautal gehen.

Wahrscheinlich verstehen Männer das nicht. Er sah unbewegt durchs Fenster auf die Landschaft draußen. Wenn ich mich wegen verlorener Unschuld so haben wollte, oder was mir nun fehlte – er jedenfalls dachte jetzt an die Wanderung.

Als der Zug hielt, wischte ich mir zum letztenmal mit dem Ärmel das Gesicht ab und war auch für die Wanderung. Plötzlich war es sogar gut, daß ich noch nicht schwanger geworden war.

Es war eine lange Wanderung, bis wir zum Abend und zum guten Schluß in Beuron ankamen. Das ist ein Benediktinerkloster in Südwürttemberg-Hohen-zollern. Die Benediktinerregeln fordern Abkehr vom weltlichen Leben, Streben nach Vollkommenheit und Gehorsam gegenüber dem Abt. Alles drei paßte genau zum Zustand meiner Seele an diesem Tag.

Weltabgekehrt, Vollkommenheit erstrebend und unendlich willfährig ihm gegenüber, der oben auf dem Witthoh … – oder beinahe Witthoh – konnte mich nichts mehr verwundern.

Selbst wenn uns die Mönche still begraben hätten, wäre ich nicht für Widerstand gewesen. Wir hatten ja gelebt.

Aber es kam nicht dazu. Niemand begrub uns. Im Gegenteil, wir fuhren nach dem Abendessen mit dem Bus über Meßkirch nach Konstanz zurück.

In Konstanz lebte mein Vater noch. Auch sein Vater lebte noch. Aber weiter nördlich, in Bonn. Vom Konstanzer Münster hatte es zwölf geschlagen, als wir zurückkamen. Mein Vater stand auf dem Münsterplatz, blaß wie immer, wenn etwas ihn erregte. Und heute hatte er ja auch Grund dazu.

Wie sollte das werden? Wie dachten wir uns denn das? Zehn Jahre mindestens war da doch gar kein Absehen mit uns!

«Würdest du lieber Großvater von einem Jungen oder von einem Mädchen?» fragte ich ihn so nachdenklich, wie ich den ganzen Tag über gewesen war.

«Von einem Mädchen», sagte da mein Vater, ganz offensichtlich ebenso nachdenklich versonnen wie ich.

Da hatten wir schon ein Geheimnis miteinander.

Mein zukünftiger Mann wußte ja nicht einmal, was wir lieber wollten: Junge oder Mädchen.

Aber in dieser Nacht durfte ich keineswegs noch einmal mit ihm schlafen, wie ich mir das gewünscht hatte. Meine Mutter verabschiedete ihn sehr freundlich, aber bestimmt. Mein Vater nickte einige Male etwas unsicher mit dem Kopf.

Da ging er. Und mir zerriß es das Herz.

III

Es hat mir das Herz noch öfter zerrissen. In Meersburg, alle Rebenhänge herunter. In Bonn, die ganze Poppelsdorfer Allee entlang. In Liblar, Lechenich, Gymnich, Zülpich. Über alle Zuckerrübenfelder weit und breit. Pappelreihen zwischendurch. Aber durch Pappelreihen kann man ja durchsehen. Später das kleine Haus. Felder und Pappelreihen nahebei. Aber in Gedanken hatten wir längst alle Wasserschlösser in der Umgebung besetzt. Vergeblich. Sie wären alle unbeheizbar gewesen, und wir hätten uns in den Zimmern verlaufen und nie wieder gefunden. Es gab keinen Platz mehr für uns.

Seit dem Tag, an dem Frau Schulz, das war die Zimmerwirtin, fand, daß wir doch keine Geschwister wären. Bis zum ersten Schnee hatte sie das behauptet. Von selbst wären wir nicht einmal auf die Idee mit den Geschwistern gekommen. Gut war wohl, daß immer das Photo mit der wirklichen Schwester auf der Kommode stand. Das konnte ja nur die Freundin sein. Sie studierte, in einer anderen Stadt. Es ist immer gut, wenn sechshundert Kilometer zwischen Liebesleuten liegen. Nichts ist so wichtig wie ein abgeschlossenes Studium, jedenfalls eine abgeschlossene Ausbildung, fand Frau Schulz. Es gab so viele schöne Berufe. Es gab überhaupt nur schöne Berufe.

Frau Schulz unterhielt sich gern mit mir. Ich war ja die Schwester, und ich wollte wie sie für den Bruder das Beste.

Seit August hatten wir das Zimmer. Das heißt, natürlich hatte das Zimmer nur er. Ich kam nicht oft. Nur um ihn abzuholen oder um mit Frau Schulz zu reden.

Frau Schulz hatte erwachsene Kinder. Eine Tochter und einen Sohn. Es waren gute Kinder. Sie hatten sich jeder etwas Schönes aufgebaut und kamen sonntags nachmittags zum Kaffee.

Ich war sicher auch ein gutes Kind. Aber ich hatte wohl keinen, mit dem ich ging. Nein, das hatte ich nicht.

Man darf auch nicht zu fest darauf bauen, daß sich einer findet. Die Tochter von Frau Schulz hat Apothekerin gelernt. Wenn die gleich mit dem ersten etwas angefangen hätte! Nach dem Examen übersieht man mehr, weiß vor allem, wer zu einem paßt.

Wir paßten zusammen. Meine Hand paßte genau in seine. Meine beiden Hände sogar, wenn es nötig war, von irgendwo herunterzuspringen. Doch manchmal faßten wir uns auch nicht bei der Hand, sondern ließen uns los, um schneller oder langsamer zu laufen

oder von irgendwo herunterzuspringen – allerdings,
das war dann meistens nur ich.

Aber es wurde kälter. Eines Tages fiel der erste
Schnee. Es schneite schon zwei Stunden, und vier Finger breit auf Mänteln und Mützen Schnee. Da sagte er
was von Halsschmerzen. Seitdem muß ich bei Schneefall immer an Halsschmerzen denken oder bei Halsschmerzen an Schneefall. Denn er hatte das mit den
Halsschmerzen noch nicht zu Ende gesagt, da hatte
ich das unwiderlegbare Bedürfnis, mit ihm zu schlafen. Nur ein paar Schritte weit vom Weg ab, zwischen
den Tannen, wo der Schnee so schön dicht und weiß
lag. So weiß kann kein Bett sein.

Er wollte zuerst nicht. Es gingen außer uns ja noch andere Spaziergänger durch den Park. Aber die meisten
eindeutig verärgert. Sie waren ja nicht auf den Schnee
gefaßt gewesen.

Nur ich war auf den Schnee gefaßt. Und weil ich so
darauf gefaßt gewesen war, lagen wir dann auch wirklich auf der Schneedecke unter den Tannen. Ganz still
zuerst, denn Schnee auf Tannen biegt die Zweige
nach unten.

Wir lagen ziemlich lange. Die Luft friedlich windstill,
der Himmel mit Schneefall beschäftigt. Auch er friedlich, nur mit den Augen beim Schneefall.

Da wurde ich eifersüchtig. Auf die Stille. Auf die
Tannen. Auf den Schnee. Auf die Pilze unter der
Schneedecke sogar.

Im Frühling, wenn der kam, Wiesenschaumkraut,
kniehoch, so würde es sein, und Anemonen, wo es
feucht ist.

Und wann gab es mich? Selbst das Donautal, Witthoh oben hoch, Sonne bißchen so durch die Zweige, wie jetzt der Schneefall.

Es war umsonst. Ich kam gegen nichts an. Wie Großmutter gegen nichts mehr ankam. Die lag auch ganz still, so wie ich neben ihm, allerdings nur für sich in ihrem Grab. Da blühte auch immer alles das ganze Jahr hindurch. Und im Sommer das meiste auf einmal.

Es ist hoffnungslos, anzunehmen, eine Frau wäre so viel wie ein Schneefall.

Hätte ich das damals schon gewußt, hätte ich mich nicht gewehrt. Dann hätten wir auch nicht das Zimmer verloren. Es war dumm von mir. Die Natur hat immer das letzte Wort.

Ich jedenfalls war ganz irdisch und endlich und er unirdisch und unendlich und unabschätzbar weit weg.

Da habe ich meine Stiefel aufgeschnürt und an meinen Hosenbeinen gezogen, Mütze so in eine dieser Tannen hochgeschmissen, daß sie oben an einem Zweig hängen blieb, bißchen Schnee nach unten schneite, und mich ohne alles, Mantel, Pullover, Hose und Schuh, in den Schneefall gestellt.

Es ging nicht, wie ich wollte. Ich hatte ganz schnell meine Sachen wieder an. Er stand neben mir aufrecht im Schnee. Den tropfnassen Schal ein paarmal um den Hals mit den Halsschmerzen gewickelt, Mantel zugeknöpft, mich beim Arm untergehakt, wieder auf den eingefaßten Weg, und ganz weit vor uns andere Fußgänger, zielstrebig damit beschäftigt, aus dem Park herauszukommen.

24

Parkausgang Dürenerstraße, Richtung stadteinwärts, ist ein Café. Leider gibt es das blumenübersäte Geschirr da nicht mehr. Daraus haben wir nämlich Schokolade getrunken. Bißchen bitter war die, weil Schokolade erstens immer so schmeckt und zweitens ich Reue hatte. Denn in dem Café war er gar nicht mehr unirdisch und unendlich und unabschätzbar weit weg.

Aber ich habe kein Fieber bekommen. Ich hatte mich ja aus eigenem Entschluß nackt in den Schnee gestellt. Trotzdem war es wohl das beste, jetzt ganz schnell nach Hause zu gehen und, Decke über den Kopf, warm zugedeckt, einzuschlafen. So haben wir es auch gemacht.

Doch nicht immer und überall kann man so einfach nach Hause gehen. Das können nur die, die sich etwas Schönes aufgebaut haben.

Am Abend, die erwachsenen Kinder waren schon gegangen, das Sonntagnachmittagsgeschirr abgeräumt, saßen wir mit Frau Schulz im guten Zimmer und waren keine Geschwister mehr.

Das mußte ja so kommen. Spätestens beim ersten Schnee. Ein Winterwaldboden ist schließlich kein Sommerwaldboden. Und zum Lieben vielleicht wirklich zu kalt. Allerdings, wenn man nackt für sich im Schnee stehen kann, müßte man auch zusammen darin liegen können. Es kommt immer nur darauf an, was man will.

Er wollte eben nicht. Jedenfalls nicht so, wie ich es wollte. Immer, wenn Hindernisse kamen oder Kälteeinbruch oder sonst Unvorhergesehenes, wartete er ab. Augen beim Hindernis oder beim Schneefall oder einfach nur, auch wenn er sie noch gar nicht sah, bei der nächsten Schneewolke. Als ob von da des Rätsels Lösung käme.

Frau Schulz jedenfalls wollte unser Bestes. Er könne ja noch bleiben, die vierzehn Tage. Ich hätte wohl nichts in dem Zimmer liegen lassen. Dann könne ich es noch schnell von oben herunterholen.

Also so ähnlich, wie ich es immer schon kannte, ungefähr so, wie aus Schulen herausgeblasen werden. Da durfte ich auch erst immer noch schnell meine Mütze holen, oder was es nun war.

IV

Wenn man sehr früh gemerkt hat, was verbotener Markttag ist oder verbotener Kirschbaum, weißes Kleid, von oben bis unten mit Kirschsaft bespritzt, glaubt man und glaubt man nicht. Das heißt, man glaubt auf eine besondere Art. Man glaubt, daß Eltern das Beste für ihre Kinder wollen. Aber man glaubt nicht, daß es das Beste für die Kinder ist.

Väter mit Profil, also Väter, die an ihrer Geschichte tragen, mit Weitblick und Vorsorge – wir hatten solche Väter –, sind ein schwieriges Erbe. Hoch oben auf dem Kirschbaum beeindrucken sie einen noch. Wie sie blaß werden, wie sie die Schuldfrage stellen. Wie sie sterben.

Wir haben unseren Vätern nie etwas beweisen wollen, geschweige das Gegenteil. Wir haben ihnen nur nicht geglaubt. Nicht ganz geglaubt. Und doch ist fast nichts so beeindruckend für Kinder wie die personifizierte Moral.

Nur etwas ist noch beeindruckender, das personifizierte Glück. Moral generell läßt die Übertreibung fürchten. Glück generell lädt zur Übertreibung ein. Es weiß das zwar nicht, sonst wäre es kein Glück; es verhält sich nur einfach so, daß das Glück selbst eine Übertretung ist.

Die Moralität weiß das wenigstens noch ganz genau und fürchtet deshalb nichts so sehr wie das Glück. Aber die meisten Menschen sind ja weder moralisch noch glücklich und haben, genau genommen, überhaupt keine Maßstäbe.

Als Frau Schulz daher unser Bestes wollte, leisteten wir Widerstand und gingen am gleichen Abend zusammen aus dem Haus. So gehen gelegentlich Kinder aus ihren Elternhäusern fort. Aber unser Elternhaus war es nicht.

Trotzdem hatte uns etwas daran erinnert. Denn was war das für eine Bilanz! Wiesen im Sommer und auch noch im Herbst. Im Winter Schnee. Wenn ich mich zum Schluß nicht selbst in den Schnee gestellt hätte, wären wir in Wiesen und Schnee einfach untergegangen, und keiner hätte es bemerkt. Er auch nicht. Denn er dachte ja nicht an so etwas wie eine Familiengründung. Aber ich dachte daran. Selbst wenn das nur dazu geführt hat, daß wir kein Zimmer mehr hatten.

Auf der Straße hatten wir uns überhaupt kennengelernt. Das war zwar eine gehobene Straße, genau genommen eine Allee. Da hatte er noch mit keiner Frau
und ich noch mit keinem Mann geschlafen. Um dieses
Stück waren wir jetzt schon weiter. Trotzdem war es
gut, daß wir es vorher nicht getan hatten. Ganz umsonst hatten wir unsere Väter also nicht. Die waren da
allerdings schon ganz welthaltig wichtig. Und wir hatten, was das betrifft, unsere Vorbehalte. Deshalb haben wir uns auch gleich erkannt.
Das war auf der Poppelsdorfer Allee. Ich hatte gerade
einen Schuh verloren. Eigentlich eine Sandale. Aber
auch bei Sandalen braucht man zwei. Ich ging also die
Poppelsdorfer Allee herunter, um sie zu suchen, er
kam die Poppelsdorfer Allee herauf.
Ich muß jedoch sagen, ich war zu diesem Zeitpunkt so
gut wie verlobt, schon den ganzen Winter. Und jetzt
wurde es Frühling. Es war eigentlich schon Frühling,
aber ich hatte es noch nicht gemerkt. Ich war den ganzen Verlobungswinter über ganz still zugefroren und
wußte nicht mehr, was Auftauen ist. Das wäre allerdings eine Verlobung für den Familientisch geworden. Also so eine, wie wir sie dann nicht hatten. Er
wurde Gemeindepfarrer, und ich hatte manchmal ein
frommes Gesicht. Außerdem hatte er den Anfang gemacht, und der Anfang muß immer vom Mann ausgehen, damit es gut ausgeht.
Auf der Poppelsdorfer Allee habe ich den Anfang gemacht, denn ich bin stehengeblieben und habe vergessen, nach dem Schuh zu suchen. Da blieb er auch
stehen. Dann habe ich zu lächeln versucht. Ich kann

das. Da hat er mich nach dem Schuh gefragt. Ich habe ihn zurückgefragt, ob er ihn zufällig gesehen habe. Das hatte er nicht. Ob er sonst etwas vorhabe, wollte ich wissen. Aber das Wort «vorhaben» schien er nicht so genau zu kennen. Das verband uns also schon. Wir haben den Schuh dann gemeinsam gesucht und nicht gefunden.

Am Abend in der Kaiserhalle hätte ich zu dem hingehen müssen, mit dem ich so gut wie verlobt war. Er saß schon an seinem Tisch. Und wir gingen Hand in Hand an seinem Tisch vorbei. Natürlich bewies das fast nichts. Weil der, mit dem ich so Hand in Hand ging, der wußte von nichts. Nichts von verlobt oder so gut wie verlobt noch, daß ich jetzt gern an Familientisch dachte. Allerdings an unseren eigenen. Ich sah uns jedenfalls an unserem Tisch. Unsere Kinder um den Tisch. Da passierte es.

Sie kam auch in die Kaiserhalle. Da gingen wir damals nach Seminarschluß alle hin. Sie setzte sich an einen Tisch für sich allein, und er neben mir stand schnell auf und sagte, daß er da hinüber müsse. Und dann saßen die beiden nebeneinander und guckten ab und zu nach meinem Tisch.

Das war dumm. Und das war ein großes Unglück. Das größte überhaupt. Nur er konnte mein Mann werden, das war klar.

Es kommt vor, daß man sich verliebt, und dann stimmt es nicht. Doch ich hatte buchstäblich keine andere Wahl. So etwas weiß man manchmal. Da habe ich mich also entschlossen. Sie tranken Wein, ich glaube roten. Da bin ich aufgestanden. Immer noch bloß ein Schuh. Und überhaupt so, wie ich eben bin. Ich konnte ja nicht wissen, daß ich ihn ausgerechnet an diesem Tag treffen würde.

Sie sah so aus, wie Frauen aussehen, die dann auch von Männern beobachtet werden. Ich habe noch nie so ausgesehen. Ich mache selbst Beobachtungen. Allerdings, seit ich so gut wie verlobt war, machte ich auch keine Beobachtungen mehr. Ich hätte sie ihm doch nicht mitteilen können. Jedenfalls hielt er die, die ich ihm trotzdem noch mitteilte, alle für unpassend.

Jetzt stand alles für mich auf dem Spiel. Und wenn ich will, kann ich auch schön sein und überhaupt jeden Zweifel tilgen. Ich erklärte ihm, daß er mein Mann werden müsse. Er stand sofort auf, sie hob nur die Augenbrauen. Immerhin gab sie ihm ihr Schlüsselbund. Und ich dachte, Schlüsselbund ist immer gut, denn mir fiel verbotener Markttag ein.

Sie wollte an diesem Abend noch mit Bodo und C.F. zu Liliencron. Da könne er noch vorbeischauen. Die kannte ich nicht; aber wir gingen Hand in Hand davon, und wir hatten das Schlüsselbund.

Allerdings, draußen auf der Poppelsdorfer Allee war es doch nicht so einfach, auch wenn es beim Gehen nach Schlüsselbund klingelte. Sie war die Tochter eines gefallenen preußischen Majors mit verlorenem preußischem Gutsbesitz. Ihre Mutter hieß Wanda und kannte sich mit Lichtgottheiten aus. Sie hatte mit acht Töchtern auf dem Rücken die Flucht angetreten.

So interessant war ich nicht. Auch meine Familiengeschichte war nicht direkt zu interessant; so starke Frauen jedenfalls gab es in unserer Familie nicht. Aber ich habe mich dann doch zur Wahrheit entschlossen. Es gibt Lagen, in denen man nur mit der Wahrheit weiterkommt.

Ich erzählte ihm also von meiner Großmutter und daß Küchenschürzen mit vielen Punkten ein Vorgeschmack von Himmel sind, weshalb ich auch hier in der theologischen Fakultät der Friedrich-Wilhelm-Universität in der Bundeshauptstadt eingeschrieben sei. Mit einem Wort, es ginge mir um das Paradies.

Da sagte er – wovon ich an und für sich schon ausgegangen war, sonst hätte er ja den Schuh nicht mit mir gesucht –, daß es ihm auch darum ginge. Es ging uns also beiden um das Paradies. Und das Schlüsselbund hatten wir auch, wenn auch nur zum Zimmer seiner Freundin.

Aber die Poppelsdorfer Allee ist lang, besonders wenn man sie schon mehrmals auf und ab gegangen ist. Und wie immer, wenn ich ganz himmlisch eingestellt bin, dachte ich an Irdisches und fragte ihn nach dem Zimmer und was er darin täte. Da sagte er, daß er da genaugenommen gar nichts täte. Er läge nackt neben ihr und dächte an nichts.

Nun ist das eine Auskunft, über die man monatelang Zeit verstreichen lassen und Wolken zählen kann. Denn was denkt sich ein Mann, wenn er nackt neben einer Frau liegt und an nichts denkt?

Jedenfalls fand ich an diesem Abend, daß er dabei aber an etwas zu denken habe. Da wurde er neugierig. Und das hieß wohl tatsächlich, daß er nicht wußte, was es zu denken gab.

Aber ich wußte es, und als wir uns trennten – er die Schultern noch frei –, da wußte ich schon, was alles Frauen Männern, die sie lieben, auf die Schultern legen. Sich selbst, Kinder und Sorgen, vom Sonnenaufgang bis zum Sonnenuntergang. Und nie mehr für sie die Möglichkeit, Hand über die eigenen Augen zum Dach geschirmt, über viel Wasser zu spähen, auch nicht über viel Land.

V

Vielleicht ist es am besten, ich sage schon hier, daß das unser Streitpunkt geblieben ist. Er meinte Unendlichkeit, und ich meinte Paradies. Das ist ein größerer Unterschied, als man denkt, auch, als wir selber dachten.

Sie lagen tatsächlich nackt nebeneinander, die Balkontür weit offen – so warm wie draußen war es im Zimmer noch nicht –, und dachten nichts. Zumindest er; von ihr weiß ich es nicht. Er war mit den Augen bei der Zimmerdecke und mit den Ohren beim Sperlingsschwarm draußen.

Ich hätte auch Sinn für den Sperlingsschwarm gehabt, aber nicht, wenn er neben mir lag. Ich mußte ihn also verführen. Das war kompliziert. Denn wie verführt man als Frau einen Mann?

Sicher wäre es leicht gewesen, wenn es nur darum gegangen wäre, ihn von den Sperlingen ab- und mir zuzuwenden. Einen Augenblick lang, auch zwei Augenblicke lang, auch halbes Weggucken lang, vielleicht sogar halben Kuß lang. Aber ich wollte ihn heiraten und Kinder mit ihm haben.

Es verhält sich nämlich so: Im Paradies kommen Menschen vor. In der Unendlichkeit nicht. Es gibt überhaupt kein Paradies ohne Menschen. Deshalb konnte ich ihm auch nicht nachgeben und einfach so nackt neben ihm liegen.

Ungefähr einen Monat nach dem Abend auf der Poppelsdorfer Allee war das Verhältnis zwischen ihm und der Majorstochter bei offener Balkontür aus. Jetzt wollte er es mit mir fortsetzen. Es war inzwischen draußen noch wärmer geworden. Und interessant, hatte er festgestellt, brauche eine Frau für ihn nicht mehr zu sein. Eigentlich war das sogar störend. Das fand ich auch, weil es anstrengend sein muß, interessant zu sein. Ich war nicht interessant. Ich hatte Interessen. Ich wollte ihn ja heiraten.

Als er also den Vorschlag mit dem Nacktzusammenliegen machte, konnte ich nicht darauf eingehen. Denn mit ihr hatte er ja auch nackt zusammengelegen, und sie hatten sich trotzdem nicht geheiratet. Da hat er mir erklärt, daß es ein Unterschied sei, ob ein Mann mit einer Frau nur zusammen liege oder ob er mit ihr schlafe. Und ich habe ihn gefragt, ob er dann also daran denke, mit mir auch noch zu schlafen.

Daran dachte er.

Aber für mich war das Problem auch damit nicht geklärt. Denn was ist daran klarer, wenn ein Mann nicht nur nackt neben einer Frau liegen, sondern auch mit ihr schlafen will?

Deshalb kam ich auf die Idee mit der Verführung. Verführung ist, den anderen daran zu hindern, für sich allein weiterzugehen. Er ging damals noch so aufrecht wie immer, Schultern frei, Blick unbewegt. Wenn ich da schon die Probe gemacht hätte, mit halbem Weglaufen, weiß ich nicht, ob er versucht hätte, mich einzuholen.

Heute wäre das so. Aber heute hat er eine Geschichte mit mir. Und das zählt ja nicht. Zählen tut nie, was die tun, die eine Geschichte miteinander haben, sondern was die tun, die noch keine Geschichte miteinander haben. Das wirkliche Unglück entsteht immer nur da, wo zwei miteinander durch keine Geschichte belehrt worden sind. Geschichten, wie sie auch ausgehen, machen das Leben erträglich. Nur die nicht stattgefundenen Geschichten bringen Verzweiflung. Und am Anfang einer Geschichte weiß man ja nie, ob es überhaupt eine Geschichte wird. Wer das Paradies will, will immer Geschichten. Wer die Unendlichkeit will, eigentlich nie.

Ich sah ihn mir also an und wußte, daß es mir nichts helfen würde, ihn nackt neben mir liegen zu lassen, auch nicht, ihn mit mir schlafen zu lassen. Er würde immer noch weggehen können. Männer können das.

Also erfand ich die Geschichte mit dem lieben Gott. Und das war eine gute Idee. Gelegentlich nützt sie mir heute noch. Er hatte mir also gerade das mit dem Zusammenliegen erklärt, da guckte ich zu den Wolken hinauf und sagte, daß es schon spät sei. Er guckte auch hinauf, sah aber nichts. Es war zehn Minuten vor zehn auf dem Marktplatz in Bonn. Da fing er an, sich ein bißchen zu wundern. Ich sagte, daß der liebe Gott und ich sich Liebesbriefe schrieben. Um zehn Uhr käme die Post. Damals kam die noch um zehn. Vom Marktplatz bis zur Lessingstraße, wo ich mein Zimmer hatte, geht man gerade zehn Minuten, jedenfalls wenn man sich beeilt.

Ich beeilte mich also, und er blieb auf dem Marktplatz stehen.

Und damit fing es an. Nicht, daß er buchstäblich eifersüchtig geworden wäre. Aber er hätte gerne gewußt, was der liebe Gott und ich uns schrieben. Jedenfalls war von da an der liebe Gott mein ständiger Schutz und Begleiter, Liebhaber und Geliebter und oberste Instanz überhaupt, viel höher als der Dekan der theologischen Fakultät der Friedrich-Wilhelm-Universität, auch höher als das Münster auf dem Münsterplatz und die ganze Bundeshauptstadt überhaupt, Bundeshaus und alle Abgeordneten eingerechnet, und der Kanzler selbstverständlich auch.

Sein Vater, wußte ich da schon, war ein ministrabler Abgeordneter von diesem Bundeshaus. Und alles muß ja im Verhältnis bleiben. Auch die Hauptstadt einer führenden Industrienation braucht den lieben Gott.

Allerdings kannte ich den lieben Gott schon von früher her, sonst hätte er mir auch nicht gleich einfallen können. Ich kannte ihn nur noch nicht als Liebsten sozusagen, wörtlich genommen jedenfalls schrieben wir uns da noch keine Liebesbriefe. Es war also auch keiner von ihm in der Zehnuhrpost.

Dafür kamen bald andere Briefe, irdische Briefe. Mit

irdischem Absender zumindest, an jedem Wochentag einer, manchmal zwei. Liebesbriefe, würde ich sagen, aber eben irdische, und gaben den Gedanken mit dem Nacktzusammenliegen nicht auf.

Draußen war Sommer. Da habe ich mich nackt vor den Spiegel gestellt und überlegt, ob das ausreiche, also ob ich ausreiche. Eine Frage, die ich auch heute nicht beantworten kann. Denn wann reicht was aus? Jedenfalls, wann reicht eine Frau für einen Mann aus? Ich weiß, eine Frage, die eine emanzipierte Frau grundsätzlich nicht stellt. Aber ich bin keine emanzipierte Frau, denn ich stelle diese Frage.

Mit Gott als Liebstem ist alles ganz einfach. Aber mit einem normalen Mann in einem normalen Leben? Mit einem Wort, es schien mir eine Frage.

Aber ich habe dann mein schönstes Kleid angezogen und die Briefe von diesen vierzehn Tagen aufgesammelt und in einem Koffer unter meinem Bett verschlossen und bin die Treppe hinuntergegangen.

Von der Lessingstraße zur Behringstraße, von meinem Zimmer bis zu seinem Zimmer, war es nicht weit, eigentlich die richtige Entfernung für einen Abendspaziergang. Außerdem hatten wir uns seit dem Morgen auf dem Bonner Marktplatz und der Idee mit dem lieben Gott nicht mehr gesehen. Und in einer Woche war Semesterschluß.

Er war in seinem Zimmer und hatte dieses komische Gesicht, das an nichts mehr glaubt, auch nicht an den eigenen Weg. Da hätte ich ja vielleicht gesiegt gehabt. Aber ich kann nicht siegen. Er hat gesiegt, weil er an nichts mehr glaubte. Er sah nicht so aus, als ob er glaube, daß Briefe etwas bewirken können, auch eigene nicht, und überhaupt kein eigener Weg nicht, nicht einmal die Unendlichkeit nicht.

Er saß auf seinem Stuhl und bewegte sich nicht. Ich sah abwechselnd auf den Abendhimmel und auf ihn und hatte nichts, um mich festzuhalten. Denn in den Abendhimmel kippen oder auf einen Mann, der so auf einem Stuhl sitzt, zugehen, ist für eine Frau ungefähr das gleiche.

Wenn ich gefürchtet hatte, daß er vielleicht über mich wegsteigen könnte, sah ich jetzt eine andere Furcht, seine Furcht, eine Furcht sozusagen ohne seine Person, zumindest eine Furcht, in der die Person ganz klein und fast unauffindbar war. In meiner Furcht wäre die Person noch sehr auffindbar gewesen, zwar gekränkt, weil verlassen, aber immerhin.

Er war unter seiner Furcht versteckt wie unter seiner Jacke und Hose. Ich ging auf Zehenspitzen auf ihn zu. Aber gekippt bin ich nicht. Ich mußte stehenbleiben. Ich hatte ja noch eine lange Zukunft mit uns vor.

VI

Ich habe von vornherein gewußt, daß das Paradies eine Beschränkung ist, daß es genau genommen die Unendlichkeit beschränken muß. Aber ich glaube nicht, daß ich das immer gewußt habe.

Mit Großmutter habe ich es noch nicht gewußt. Bei den Punkten in der Küchenschürze jedenfalls ging Zählen immer noch so: eins, zwei, viele, alle. Auch bei den Osterglocken bei verbotenem Markttag ging es noch so, zumindest, wenn ich versuchte, alle Osterglocken an allen Marktständen zusammenzuzählen.

Aber auf der Poppelsdorfer Allee habe ich es gewußt. Denn wenn ich mich ihm nicht einfach in den Weg gestellt hätte, wenn auch nur mit Lächeln und einem Schuh, wäre er doch einfach weitergegangen.

So wie Onkel Mohn beinahe an Großmutter vorbei und allein weitergegangen wäre. Da war Großmutter schon alt und ging gerne in den russischen Klee. Vor dem Stütgenhof, also in den Feldern um Köln nach Westen zu, wuchs damals russischer Klee. Großmutter hielt ihn aber für Mohn. Sie wollte ihn jedenfalls dafür halten. Weil sie sich jetzt gern daran erinnerte, wie sie bei Klatschmohn und Kornblumen, wie alle Mädchen tun – Großmutter behauptete jedenfalls, daß das alle Mädchen tun –, von ihrem Liebsten geträumt hatte, oder nicht eigentlich von ihrem Liebsten, sondern von dem Leben, das sie und ihr Liebster dann miteinander leben würden.

Jedenfalls hatte Großmutter, als sie ein Mädchen war, gegen Sommer zu den Arm immer voll Klatschmohn und Kornblumen. Klatschmohn, weil der rot ist, und Kornblumen, weil die blau sind, und so miteinander die Liebe und Treue abmalen, auf denen das Leben aufbauen soll.

Aber das Leben ist für Großmutter doch anders gekommen. Es kam mit Veilchen, und die waren nicht für Großmutters Kleidausschnitt bestimmt, weshalb sie sie ja dann auch der Freundin an den Hut gesteckt hat, während Großmutter für sich allein den Kinderwagen an den Klatschmohnfeldern entlang spazierenfuhr – so zeigen es jedenfalls die Photographien –, die sie als Mädchen leergepflückt hatte.

Was macht man auch, wenn die Augen noch so blitzen, daß gar kein Blau ihnen standhalten kann, kein Himmelblau, kein Flußblau, auch sonst kein Blau, nicht einmal das von Kornblumen, und es ist keiner da, der Sinn für dieses Blitzen hat?

Großvater traf sich mit fremden Frauen, Veilchenfrauen, Maiglöckchenfrauen. Großmutter saß am Feldrand und weinte bitterlich. Ihre Freundin allerdings bestreitet das. Sie sagt, Großmutter war selber schuld daran und einfach übermütig, bis zur Leichtfertigkeit übermütig. Sie hat Großvater sogar beim Beischlaf ausgelacht. Wie soll ein Mann darüber wegkommen? Das frage ich mich auch.

Jedes übermütig herbeigesehnte Leben kann sich rächen. Leben will hingenommen, besser noch: ertragen werden. Auf Übermut legt es keinen Wert. Ich weiß das. Großmutter wußte es erst später. Sie mußte in solchen Fällen ihren Kopf erst in Gretes Schoß legen, um sich das von ihr erklären zu lassen.

Aber als sie alt war, ist Großmutter weise geworden und hat das Leben nicht mehr provozieren wollen, sondern ruhig zu sich hinbestellt, damit es ihr nicht länger davonlief. Und das war der Fall mit Onkel Mohn.

Großmutter hatte einen Armvoll russischen Klee gepflückt und wollte ihn nach Hause bringen. Da begegnete ihr Onkel Mohn. Als Großmutter ihn sah, ließ sie den ganzen Armvoll russischen Klee auf den Boden fallen und wurde darüber so ärgerlich, daß sie mit dem Fuß aufstampfte und Onkel Mohn – da hieß er natürlich noch nicht Onkel Mohn – erklärte, daß er ihr den Mohn wieder aufsammeln müsse.

Onkel Mohn tat das gern, meinte aber, es wäre kein Mohn, sondern russischer Klee. Was es ja auch war. Aber weil Großmutter nun einmal im Leben auch recht behalten wollte, machte sie ihm in einer Sekunde klar, daß das sehr wohl und ein für allemal Mohn sei. Seitdem lebte Onkel Mohn mit in der Wohngemeinschaft Wittekindstraße 4.

Er durfte sogar später mit Tante Wiesenthal zum Gemischtwarenhändler an der Ecke gehen. Allerdings nie für Salzheringe, Bonbons oder Bier, sondern nur für Tempotücher und Servietten, also die Dinge, die man nicht unbedingt braucht. Auch für Gesellschaftsspiele; aber die Spielfigürchen mußten aus Holz sein. Jedenfalls hatte Onkel Mohn von da an eine Lebensaufgabe. Er verlor jedes Schachspiel, denn das spielte er ja nur mit Großmutter allein, allerdings auch bald jedes Spiel für mehr Personen und schließlich sogar ganz einfache Glücksspiele. Abends las er ihnen allen die Abschiedsbriefe von Fräulein Magda Hauff vor, die ja so früh an Tuberkulose ... und Tante Wiesenthal sagte immer zum Schluß: «Wenn nur das Herz rein bleibt.» Das fand Onkel Mohn auch. Wie dagegen grundsätzlich nichts einzuwenden ist. Nur weiß man eben nicht, wie rein das Herz von Fräulein Magda Hauff gewesen ist, weil man dafür genau wissen müßte, was das ist, ein reines Herz.

Ist ein Herz schon deshalb nicht mehr rein, weil es Absichten hat? Dann steht es zum Beispiel schlecht um mein Herz.

Großmutter hatte es nicht mehr nötig, draußen vor der Stadt den russischen Klee für Mohn zu halten, auch wenn sie Onkel Mohn nie in den Wintergarten mitnahm, denn im Wintergarten war sie mit der Freundin alt geworden. Und warum sollte Onkel Mohn das nicht respektieren? Dafür hatte Tante Wiesenthal noch eine Pritsche in der Speisekammer zwischen den Holzfässern mit den schwimmenden Gurken und Heringen aufgestellt. Und in mancher Hinsicht sind Speisekammern ja auch angenehmer als Wintergärten.

Außerdem konnte Tante Wiesenthal singen. Onkel Mohn hat immer behauptet, daß sie «Morgenstund hat Gold im Mund» noch lauter sang als ich mein Schäfchenlied. Und das will etwas heißen.

Auf jeden Fall war meine Kindheit sozusagen von Paradies umstellt. Denn Paradies ist da, wo Menschen friedlich zusammenleben und jeden Tag einen neuen liebenswerten Zug aneinander entdecken.

Mein Vater allerdings entdeckte nie liebenswerte Züge an irgend einem Mitmenschen. Jedenfalls nicht so ohne weiteres. Dafür mußte zumindest immer erst eine Leistung erbracht werden. Das wenigste war eine Zerknirschung. Und bei mir fügte es sich so gut, daß ich immer einen Grund hatte, zerknirscht zu sein. Ich ging ja mindestens einmal täglich verbotene Wege, das heißt zu Großmutter. Und später fanden sich weitere solche Anlässe.

Einem Menschen auf den Grund seiner Seele sehen kann nur der, der mit einem Blick das ganze Ausmaß der Verworfenheit der menschlichen Natur erfaßt und mit dem anderen den Himmel stumm um Vergebung bittet. Das konnte mein Vater. Später allerdings hat er mehr und mehr den Sinn für Moral verloren, jedenfalls gewußt, daß Moral nicht alles ist.

Großmutter hat das immer gewußt. Aber auch bei ihr hat es eine Zeit gebraucht, bis sie ohne Moral und ohne Übermut wußte: Es kommt nichts, was man nicht zu sich bestellt und was im irdischen Maßstab noch erreichbar ist.

Und ich bin ihre Enkelin.

Aber ganz weit zurück in der Küchenschürze habe ich auch von der Unendlichkeit geträumt und nicht vom Paradies. Das Paradies muß man erfinden. Die Unendlichkeit ist wahr.

VII

Nach jenem Mal, wo ich beinahe, aber dann doch nicht in den Abendhimmel gekippt bin, habe ich mein Gepäck gepackt, um von Bonn nach Konstanz zu fahren. Auch er fuhr über die Sommerferien nach Hause.

In Meersburg, da ist ein Turm. Aber so etwas wie sie, die da oben öfter gestanden hat, habe ich mir von diesem Turm herunter nie gewünscht. Nur vor mich hingesagt habe ich es manchmal, um es auszuprobieren, wie es wohl geklungen haben mag.

«Wär' ich ein Jäger auf freier Flur», hat sie gesungen, «ein Stück nur von einem Soldaten, wär' ich ein Mann doch mindestens nur, so würde der Himmel mir raten; nun muß ich sitzen so fein und klar, gleich einem artigen Kinde, und darf nur heimlich lösen mein Haar und lassen es flattern im Winde!»

In Meersburg habe ich sterben wollen. Weil, er kam nicht. Mein Vater hatte diesen Blick, der alles erfaßt, und meine Mutter diesen Hochmut, der davon ausgeht, daß ein Mann von alleine wissen muß, was er will.

Aber manchmal weiß ein Mann das nicht. Oder wenn er es weiß, kann er doch nicht wissen, ob er es auch kann. Und ich war gefangen. Wie alle Töchter, die nach Semesterschluß in ihre Elternhäuser fahren. Wo Liebesgeschichten ungläubig abgetan werden.

Und seine Eltern, ein bißchen weiter, hoch über Singen, Rottweil, Tübingen und, wie man es nun will, Weil der Stadt oder Calw (an und für sich ist Konstanz-Pforzheim ja keine nennenswerte Entfernung) taten es wohl auch so ab.

Jedenfalls, er kam nicht.

Da schrieb ich einen Brief. Aber nicht an ihn. Ich schrieb an seine Eltern. Ich schrieb, daß ich ihren Sohn liebe und daß ich sie bitten wolle, ihn mir zum Mann zu geben.

Sein Vater hat den Brief am Familientisch, nachmittags um drei – Vater, Mutter, Dackel, Großmutter, drei Kinder –, vorgelesen, und niemand war direkt dagegen. Jedenfalls endete die Sache damit, daß er mich besuchen sollte, was er auch getan hat, und seinen Abschluß oder eigentlich Anfang auf dem Witthoh oben nahm. Aber das habe ich ja schon erzählt.

Nur, am Abend dieses Tages, als er dann ging und mir das Herz zerriß und nicht ihm, und er am nächsten Tag nicht kam, auch am übernächsten nicht, da fuhr ich mit der Fähre von Konstanz nach Meersburg, um mir heimlich vorzusagen, was sie von da oben auf den See herunter gesungen hat.

Und als mir ihr Turmlied nicht half, weil ich kein Jäger werden wollte und kein Soldat, habe ich ein anderes Turmlied gesungen, und das habe ich nicht heimlich, sondern laut gesungen. Allerdings erst, wenn der letzte Tourist den Burgberg verlassen hatte und Meersburg überhaupt wieder es selbst war.

«Wer sitzt in diesem tiefen Turm, bewacht von einem Drachenwurm? Das ist des Grafen Töchterlein, es sitzt im tiefen Turm allein. Wo bleibt denn nur der Herr Latour? Vive l'a-, vive l'a-, vive l'amour.»

Und erst, wenn ich die fünfte Strophe von meinem Turmlied hinter mich gebracht hatte «Wir tanzen um den Turm herum, der Wurm ist tot, der Turm liegt um! Was macht denn nun der Herr Latour? Er setzt das Töchterlein auf sein Roß, hält Hochzeit dann auf seinem Schloß. Wir tanzen rund und singen nur: Vive l'a-, vive l'a-, vive l'amour», stieg ich auch den Burgberg herunter und fuhr mit der Fähre nach Konstanz zurück.

Aber vielleicht muß ich hier noch den Unterschied der

beiden Lieder erklären, sonst kann ich nicht verstanden werden. Er hat mich nämlich auch nicht verstanden. Allerdings dachte er da auch noch sozialdemokratisch und war gegen den Herrn Latour.

Doch darum handelte es sich ja gerade nicht. Vorher hatte nämlich der Herr von Ninive – und das war ein Herr von Stand – die Befreiung mit einem Schimmel versucht. Und die war ganz und gar mißlungen. Dann kam der Herr von Ehrenwert mit Roß und Schild und Spieß und Schwert, und der ließ das alles vor Schreck fallen, als dann der Drache kam. Der Herr Latour dagegen hatte nichts als sein bloßes Schwert. Und seine Tapferkeit natürlich.

Und so, mit einem Wort, wollte ich auch befreit werden, und zwar aus Konstanz und Meersburg und dem Fährverkehr dazwischen, dem ganzen Bodenseer Kulturraum überhaupt und meinem Elternhaus und meinen Kleidern und meiner Unschuld natürlich.

Aber die hatte er mir ja schon genommen. Nur – als er mich oben auf dem Witthoh zu seiner Frau gemacht hatte, war das eine zwiespältige Befreiung, jedenfalls nur eine halbe. Denn dem, der einen so befreit, will man ja folgen und nicht ins Elternhaus zurück.

Als also mein Vater ein paarmal unsicher mit dem Kopf genickt und meine Mutter ihn verabschiedet hatte und er dann ging und auch am nächsten Tag nicht wiederkam und auch am übernächsten nicht, wußte ich: Er hatte kein Schwert. Sonst hätte er es ja gezogen, spätestens am nächsten Tag, und meine Mutter und meinen Vater damit zu Boden gestreckt und mich aufs Roß gesetzt und über Singen, Tuttlingen, Rottweil, Tübingen – und dann je nachdem Weil der Stadt oder Calw – in sein Elternhaus gebracht.

Am dritten Tag allerdings ist er gekommen und hat meine Eltern gefragt, ob ich mit ihm Tretboot fahren darf. Das durfte ich.

Auf dem Tretboot auf dem Bodensee habe ich dann versucht, mich ihm verständlich zu machen, und ihm beide Turmlieder vorgesungen.

Ich hatte da schon ein Semester Germanistik studiert, und da lernt man textimmanente Interpretation. Das hatte ich ihm also voraus und habe diese Kunst auf die beiden Turmlieder angewandt. Und er verstand: In dem einen Fall (Turmlied Nummer eins) will das Mädchen selbst ein Held sein. Im anderen Fall (Turmlied Nummer zwei) will es von einem Held befreit werden.

Er hat das dann in eigenen Worten wiederholt. Es gibt Frauen, die sich emanzipieren wollen, und solche, die das nicht wollen.

So war es. Und eine ganze Zeitlang fuhren wir friedlich Tretboot.

Da merkte ich, daß es so auch noch nicht stimmte. Und habe ihm gesagt, daß es nicht darum ginge, ob ich mich emanzipiere oder nicht, sondern daß ich befreit werden müsse. Das verstand er nicht. Worauf ich der größeren Klarheit halber hinzugefügt habe, daß meine Emanzipation rückgängig gemacht werden müsse.

Da sah er mich an. Ich konnte zwar Tretboot, aber

nicht Auto fahren. Wenn ich das auch noch rückgängig machen wollte?

Auch sonst – außer einigen Wiederanfängen an verschiedenen Schulen (und das ja eigentlich auch nur, weil ich die vorigen jeweils hatte verlassen müssen) und verpatzten Familienfeiern, wie der mit dem Ingwerkuchen, den ich selbst gebacken hatte und bei dem sich dann Tante Hildgund den Zahn ausgebissen und Onkel Palm über einen ungeratenen Jungen in der Nachbarschaft gesprochen hatte – konnte ich wirklich nicht viel.

Aber es war eben immer noch zu viel. Denn ich hatte mich dabei wohl gefühlt. Aber jetzt wollte ich sein Wohl fühlen und das unserer Kinder.

Pater Basilius hat das übrigens sofort verstanden. Er fand es sogar vollkommen natürlich. Er nannte es die «Brechung zur Frau».

Auf dem Tretboot auf dem Bodensee kannte ich diesen Begriff noch nicht. Sonst hätte der mir vielleicht schon vorab alles erklärt.

Pater Basilius jedenfalls fand es eine schöne Entsprechung zu 1. Mose, 24: «Darum wird ein Mann seinen Vater und Mutter verlassen und an seinem Weibe hangen, und sie werden *ein* Fleisch sein.»

Aber damit er hätte verstehen können, daß das eine schöne Entsprechung zu 1. Mose, 24, war, hätte er bereits mir anhangen und Vater und Mutter verlassen müssen. Und er war zu Vater und Mutter zurückgekehrt und mir drei Tage fern geblieben.

Es war nicht so, daß er mich nicht auch vermißt hätte. Aber *ein* Fleisch war übertrieben. «Wir waren doch noch nach dem Witthoh oben ganz selbständig und nebeneinander her durchs Donautal gegangen», sagte er.

Als wir gegen Abend wieder an Land kamen – natürlich hatte er das Tretboot treten müssen, weil ich den Graben, der uns trennte, durch die Nachmittagsstunden mit Tränen füllte –, war es kühler geworden. Aber er durfte mich jetzt nicht küssen, und daher gingen wir auch nicht in die Taverne. Sondern ich fuhr allein mit der Fähre nach Meersburg hinüber, stieg auf den Burgberg und sang Turmlied Nummer zwei.

VIII

Vielleicht muß ich hier sagen, wie es sich mit der Einsamkeit bei mir verhält.

Ich war nie einsam, bevor ich ihn kannte. Ich hatte den Morgen und den Abend, dazwischen fand sich auch immer etwas zu tun. Und da ich niemandem gefallen mußte, hatte ich die ganze Welt für mich.

Es stimmt schon, daß ich unkämmbares Haar hatte und ein eher finsteres Gesicht. Dafür gehörte mir der Regen, mit Schuh und ohne Schuh, die Pfützen jedenfalls, und der Hagel im April und die Pusteblumen im Sommer.

Für einen Mann wäre ich ganz unansprechbar gewesen. Außerdem konnte man sich nur einmal im Leben hingeben.

48

Tante Luise, die wahrsagen konnte, und sogar so, daß es dann meistens auch stimmte, hatte meiner Mutter schon bei meiner Geburt geweissagt, daß ich ein selbständiges Kind werden würde. Und darin hatte sie recht.

Immer, wenn ich gefragt wurde, was ich später werden wollte, habe ich Hirtin gesagt. Und Hirtin will man ja nur werden, wenn man ganz selbständig ist.

Daher auch das Schäfchenlied. Aber in Köln, jedenfalls in der Innenstadt, gab es keine Schafe. Deshalb war ich meistens am Stadtrand. Da ging ich im Traum – bis auf die Male, wo es eine wirkliche Herde war, mit Schäfer und Hund – mit meiner Traumherde spazieren.

Das war ganz einfach. Ich brauchte bloß die Schultasche bei der Weidengruppe Rheinfährverkehr Langel–Köln-Nord abzulegen und mit meiner Herde Richtung Worringen zu laufen, immer am Fluß entlang, da sind Wiesen.

Einen Mann habe ich da nie vermißt. Freundinnen allerdings hatte ich, und wir küßten uns. Aber ich habe nie angefangen. Ilse hat angefangen, da war ich zwölf. Sie war größer als ich und hatte einen Pferdeschwanz. Der war glatt. Und ich hatte krauses Haar.

Als ich von der Schule flog, das war der Tag nach meinem zwölften Geburtstag, hat sie mich gefragt: «Warum?» Und ich habe ihr gesagt, wenn sie das wissen wolle, dann müsse sie mit mir kommen.

Wir sind den ganzen Weg von Langel bis Worringen und zurück zusammen gegangen, natürlich mit der Herde. Danach haben wir uns sehr gut verstanden. Sie war zwei Jahre älter als ich und ging mit Jungen. Aber als sie dann mich mit der Herde kannte, ging sie nicht mehr mit Jungen, sondern mit mir.

Ilse und ich lagen oft im Kornfeld. Die Herde bißchen weiter ab mit Grasen beschäftigt. Ilse fand mich schön. Aber ich war nicht schön. Ich wollte es auch nicht sein. Aber wenn sie mich küßte, war ich es vielleicht doch. Geredet hat immer nur Ilse. Ich hatte ja die Herde. An Hingabe dachte ich da nicht. Ich dachte immer nur an die Herde. Später allerdings, als ich ausdrücklich daran dachte, wußte ich ja auch schon, daß Hingabe nur einmal ist.

Deshalb war alles so schwierig. Seit den Baumstämmen auf dem Witthoh jedenfalls. Heute frage ich mich auch noch manchmal, wie er es anfängt, einfach so dazustehen. Ich kann nie mehr so dastehen, als ob nichts passiert wäre. Denn mit der Hingabe verhält es sich so: Die ist nur einmal. Unschuld wächst nach.

Bevor ich mich ihm hingegeben hatte, war ich nicht einsam. Auch nicht auf der Poppelsdorfer Allee. Da war es ja noch etwas von mir selbst, was ich verloren hatte. Bloß ein Schuh. Aber in Meersburg hatte ich ihn verloren.

Wenn man so zusammengelegen hat, Baumstämme schön gestapelt, Hände auf dem Holz gut abgestützt, damit nichts ins Rutschen gerät, kann man nur aufstehen und Hand in Hand zusammen fortgehen.

Im Prinzip fand er das auch. Aber damals und noch lange danach hätte er auch noch anders gekonnt. Bis er an mich gewöhnt war, das heißt, bis er mich vermißte, wenn ich nicht da war.

Ich habe ihn sofort vermißt, gleich, als ich ihn zum erstenmal sah. Vermissen ist, sich wundern, warum man vorher gedacht hat, daß man alles hat.

Aber solange man nur vermißt, kann man noch stehen. Wenn man sich hingibt, nicht einmal mehr das.

Später hat er mich auch vermißt. Ich weiß das. Aber da war ich schon seine Gewohnheit.

Es ist allerdings ein Unterschied, ob man aus Gewohnheit oder aus Erkenntnis vermißt. Krokusse zum Beispiel, Schneeglöckchen auch, vermißt man aus Gewohnheit, jeden Frühling neu, in Vorgärten jedenfalls. Aus Erkenntnis vermißt man so nicht.

Ich hätte ihn auch vermißt, wenn ich gar nicht an ihn gewöhnt gewesen wäre. So blitzschnell ich ihn begriffen hatte, hatte ich ihn auch schon vermißt. Noch bevor wir uns bei der Hand gefaßt hatten. Auch wenn wir das nicht getan hätten und er wäre nur so die Poppelsdorfer Allee heraufgekommen, stehengeblieben und ohne mich weitergegangen.

Dann hätte ich seinem Rücken nachgeguckt und gewußt: Er geht in seinen Schuhen und in seiner Jacke, und wenn er sich was wünscht und wenn er friert, ich bin es nicht, die sehr viel damit zu tun hätte. Und weil das so ist, kann ich ebensogut mit ihm gehen. Denn frieren und sich was wünschen kann man zusammen auch.

Auf der Poppelsdorfer Allee hat er übrigens so mit den Augen geblinzelt, als ob er wüßte, daß ich so oder so mit ihm gehen würde. Wahrscheinlich haben wir uns deshalb gleich an der Hand gefaßt. Da wünschte er sich mich noch nicht. Aber für den Fall, daß er sich mich wünschen würde, war ich schon da mit ihm verbündet.

Nur – so ein Wunsch braucht Zeit. Man kann ihn nicht voraussetzen. Das ist ganz dumm. Heute weiß ich das. Damals, auf der Poppelsdorfer Allee, auch. Zwischendurch habe ich es manchmal nicht gewußt. In Meersburg, nach dem Witthoh, habe ich es nicht gewußt. Da habe ich gedacht, er müßte sich mich wünschen.

Aber da wußte er ja selbst von sich noch nicht, wo er anfing und wo er aufhörte, wie ich es in Großmutters Schürze nicht wußte. Vielleicht kann einem dieser Wunsch überhaupt erst kommen, wenn man ganz endlich geworden ist und die Nase nicht mehr einfach so in den Wind steckt und mit den Augen nicht mehr einen bestimmten Punkt festhalten will und sich einbildet, wenn einem das gelingt, wäre alles gelungen.

So ist das nicht. Deshalb mußte ich ja mit ihm leben. Sonst wüßte er es immer noch nicht.

Als er damit anfing, daß er sich mich wünschte, allerdings, wäre es fast zu spät gewesen. Am Anfang wollte er nur mit mir spazierengehen. Natürlich Hand in Hand. Doch alles andere, die Luft, die Wiese und die Bäume, waren mindestens ebenso wichtig wie ich.

Für mich war nur er wichtig. Ihn hatte ich angelächelt. Nicht die Luft, die Wiese und die Bäume. Aber wenn wir zusammen spazierengingen, konnte das von außen ja niemand sehen.

IX

Im Dezember hatten wir das Zimmer verloren. Es schneite, und ich wohnte im katholischen Studentenheim. Ich bin allerdings nicht katholisch, aber mein Vater war katholisch, und ich wäre es auch gern gewesen.

Als der August vorüber war, hatte er mich in Konstanz abgeholt. Mein Vater war bis zum Zug mitgegangen. Dann fuhr der Zug, und wir fuhren darin. Aber wir fuhren nicht bis Bonn, Lessingstraße, Behringstraße, sondern bis Köln. Da hatte ich das Zimmer im Studentenheim und er das Zimmer bei Frau Schulz.

Aber am 16. Dezember hatten wir es nicht mehr. Und es war kalt. Mein Zimmer konnte ich nicht mit ihm teilen. Da ist mir die Idee mit der Verlobung gekommen.

Es war schon so, daß er sich an mich gewöhnt hatte. Ich ging ja immer neben ihm. Im September und auch im Oktober war es noch warm. Aber dann waren nur noch die Schlehen an den Sträuchern. Dann hat es angefangen zu schneien.

Ich habe so lange an das kleine Haus gedacht, so eins mit Fenster, Tür und Schornstein oben, daß es ganz selbstverständlich war, daß wir es fanden.

Wir haben es wirklich gefunden. Wir durften auch darin wohnen. Das war auf einem Gestüt. Das war so groß, daß man zwei Stunden lang laufen mußte, bis man darum herumgelaufen war. Wir brauchten nicht viel zu tun, damit wir darin wohnen durften. Eigentlich nur das Tor bewachen, wenn der Besitzer auf seinem anderen Gestüt in Irland war. Das war er das halbe Jahr.

Dann mußte morgens das Tor aufgeschlossen werden, damit die Leute, die die Pferde besorgten, herein konnten, und am Abend ein Rundgang gemacht werden, im Winter mit Laterne, im Sommer einfach so, weil man da länger sehen kann. Wenn alles in Ordnung war, konnte das Tor geschlossen werden. Das haben wir fast zwei Jahre gemacht.

So lange, wie wir verlobt waren. Danach haben wir geheiratet.

Aber wir hätten gar nicht verlobt sein müssen. Denn das halbe Jahr lebte außer uns – jedenfalls nachts – sonst niemand auf dem Gestüt. Das andere halbe Jahr abwechselnd einer der Besitzer, Herr oder Frau Thivet. Das Gestüt in Irland konnte man nicht allein lassen.

Frau Thivet war anders als Frau Schulz. Sie hat uns sogar ihr eigenes Ehebett aus ihrem Haus – das lag auch auf dem Gestüt – in unser kleines Haus herüberbringen lassen. Es war ein hübsches Bett, ganz aus Eiche, auch das Gitter. Das hatten sie und ihr Mann am Anfang ihrer Ehe aus Frankreich mitgebracht.

Als wir zum erstenmal vor ihr standen – das Tor hatte einfach offen gestanden, das war im Mai, und lila und weißer Flieder links und rechts vom Tor, und es war auch schon Nachmittag –, habe ich so ein bißchen an meinem Verlobungsring gedreht.

Aber ich glaube nicht mehr, daß wir deshalb den Tee

bekommen haben und, wie gesagt, drei Tage später das Ehebett.

Für den Ofen durften wir das Holz von den geschlagenen Kastanienbäumen nehmen. Danach waren wir stolz. So stolz kann kein König sein, auch kein Bundeskanzler. Wir waren ja Diener des Hauses geworden.

Zwei Jahre später war dieser Stolz verblaßt. Da wollten wir keine Diener des Hauses mehr sein. Zumindest er, von mir weiß ich es immer noch nicht.

Verlobt hätten wir also wohl nicht sein müssen. Frau Thivet sah das anders als Frau Schulz. Aber Frau Schulz hatte eben nur ihr eigenes kleines Einfamilienhaus. Vier Zimmer, Küche, Bad. Da will man alles übersichtlich haben. Frau Thivet sah uns auch gar nicht. Unser kleines Haus lag ganz versteckt hinter Büschen und Hecken, und Frau Thivet setzte nie einen Fuß in es hinein. Aber das konnte man nicht im voraus wissen.

Jedenfalls hatte ich gefunden, daß Ordnung sein müsse – wenn auch nicht gerade Einfamilienhausordnung –, und hatte ihm gesagt, daß wir uns verloben müßten. Bei Goldkrämer in Köln in der Schildergasse gibt es Verlobungsringe. Allerdings, bevor wir die Ringe gekauft haben, sind wir die Schildergasse noch öfter auf und ab gegangen als die Poppelsdorfer Allee. Er konnte sich nicht entscheiden. Dabei kannte er gar kein anderes Mädchen. Also gab es nichts zu entscheiden.

Als wir die Schildergasse noch siebenmal herauf und herunter gegangen waren, sagte er, daß es sich darum nicht handle. Worum es sich dann handle, fragte ich ihn. Da fand er, daß unsere Zukunft ungewiß sei.

Aber Zukunft ist immer ungewiß. Das fand er dann auch. Und gerade weil Zukunft immer ungewiß ist, muß alles seine Ordnung haben. Unordentlich kann man nicht in eine ungewisse Zukunft gehen.

Doch wir hatten niemanden, der unsere Verlobung feiern wollte. Da hatte er eine Idee. Alle eigentlichen Ideen sind überhaupt von ihm gekommen. Ich hatte immer nur solche Ideen wie verloben, verheiraten, Kinder bekommen.

Ihm fiel ein, daß ein Freund von ihm heiraten wollte. Hans-Jürgen hieß der Freund. Sie hieß Marion, und die Hochzeit sollte in Essen sein. Das liegt im Ruhrgebiet.

Es war ein Sonntagmorgen und der erste April, und wir saßen im Zug. Seit der Zugfahrt von Konstanz nach Köln waren wir nicht mehr Zug gefahren, denn bis Dezember hatten wir das Zimmer, und danach suchten wir eins.

Verlobungskleid hatte ich an. Es waren ja noch drei Tage Zeit gewesen zwischen den Verlobungsringen und der Hochzeit in Essen.

Das Kleid war hübsch, schwarz gesteiftes Leinen mit weißen Margeriten. Vielleicht wäre es sonst niemandem gestanden. Aber mir stand es. Außerdem hatte ich einen Strohhut auf und Sandalen zum Zubinden.

Er trug das Hochzeitsgeschenk. Niemand wußte, daß wir uns verloben wollten. Die Braut mit ihrer Familie war schon in der Kirche, als wir ankamen. Die Familie des Bräutigams und der Bräutigam selbst fehlten noch. Die Braut war schwanger, ganz sichtbar schwanger.

Und ich war es immer noch nicht. Da ist sie auf mich zugekommen und hat mir eine Blüte aus ihrem Brautstrauß geschenkt. Nein, das ist nicht wahr, da noch nicht; erst bei der Hochzeitsfeier unter der Tischdecke, als wir uns die Verlobungsringe ansteckten. Aber sie hat es gemerkt und hat die Blume aus dem Strauß genommen, kam an unseren Platz, küßte mich und schenkte sie mir.

Dann mußten wir aufstehen, und alle haben geklatscht.

So hatten wir auch eine Feier mit Tischtüchern und Freunden und Blumen. Das war ungefähr wie an Gott glauben. Und an Gott haben wir danach noch öfter geglaubt.

Sonst hätten wir auch das kleine Haus nicht so schnell gefunden, in das dann noch das Bett gestellt wurde.

Von dem Tag an haben wir unsere Ehe geführt, das heißt sind morgens zusammen aufgestanden und abends zusammen ins Bett gegangen. Wenn man es so sieht, jedenfalls, sind wir noch fast zwei Jahre länger verheiratet, als im Hausstandsbuch steht.

X

Das war in Liblar. Genau genommen zwischen Liblar und Lechenich. Und laufen konnte man von da nach Gymnich und Zülpich. Und wenn man wollte, bis

Bergabenden und über Heimbach, Mariawald, Hergarten, Frauenberg, Niederberg zurück.

Fast zwei Jahre nichts als das kleine Haus. Und Spaziergänge manchmal bis an die Grenze Kalterherberg, Losheimer Graben sogar und bis in die Schnee-Eifel hinauf. Niemand fand uns.

Nur zum Begräbnis seines Vaters sind wir gegangen. Das war ein Staatsbegräbnis. Wir haben das Geld, das wir für das Torbewachen bekamen, für einen schwarzen Anzug für ihn und ein schwarzes Kleid für mich verbraucht. Aber jeden Monatsanfang kam ja neues Geld. Und Väter sterben nur einmal. Nein, das ist nicht wahr. Auch Väter sterben viel öfter, aber sie werden nur einmal begraben.

Das war im Februar 1967. In der Nacht, in der er starb, war Sturm. Wir lagen in dem Eichenbett und wußten, daß er starb. Aber das wußten wir erst viel später, gegen Morgen. Selbst sterben ist ganz einfach, nur andere sterben lassen ist schwer.

Wir waren außerdem immer zusammen. Und wenn man immer zusammen ist, stirbt man auch zusammen. So zusammen würden wir heute vielleicht nicht sterben, denn heute haben wir Kinder und Tiere, Hund, Katze, Meerschwein, Vogel und ein Haus. Aber vielleicht würden wir doch noch so ähnlich zusammen sterben. Kinder können sich anfassen und die Nachbarn rufen und anschließend mit dem Zug zu ihren Großmüttern fahren. Großmütter werden uralt, wenn sie wissen, daß ihre Enkel kommen. Tiere können in andere Häuser übernommen werden. Vielleicht würden wir also doch noch so ähnlich zusammen sterben. Und sehr viel anders als zusammen einschlafen ist zusammen sterben wohl nicht.

Nur alleine sterben ist anders. In dem Eichenbett versteckt, ließen wir seinen Vater alleine sterben. Allerdings, da wußten wir es nicht. Nur auf einmal, als der obere Kastanienholzklotz im Ofen neben den unteren gerutscht war, wußten wir es. Da haben wir die Decke über uns gezogen. Am Morgen kam das Telegramm. Und auf der ganzen Fahrt mit dem Zwei-CV über die Autobahn war keine einzige Wolke am Himmel. So etwas kann der Sturm.

Aber als sie ihn begruben, war alles mit Wolken verhängt. Die ganze Stadt stand Spalier, als der Trauerzug hinter dem Sarg zu Fuß – aber nur ein kleines Stück – durch die Stadt ging. Dann stiegen alle Trauergäste in Autos um, denn der Friedhof liegt etwas außerhalb der Stadt.

Militärbischof Kunst hatte gepredigt, und die Bundeswehr hatte Trompete geblasen. Die Politiker hatten keine Miene verzogen. Erst später, im Reuchlinhaus, beim Trauerimbiß. Aber da war er schon begraben. Er war Sozialdemokrat. Und kurz danach kam die große Koalition.

Heute ist sein Grab manchmal unser Grab. Da stehen wir mit unseren Kindern davor. Wenn öffentliche Menschen tot sind, ist es selbst um ihr Grab nicht ganz so still wie um anderer Leute Grab. Aber auch das nur an besonderen Tagen, wenn die Trauer wieder öffentlich wird. Auch öffentliche Menschen werden nur von den Menschen geliebt, die sie schon zu Lebzeiten geliebt haben. Lieben ist nie öffentlich, sondern heimlich.

So heimlich, daß man sich umsieht, ob es auch niemand gemerkt hat, daß man vor einem bestimmten Grab ein bißchen länger lang als vor anderen gestanden hat.

An Großmutters Grab bin ich nie gestanden. Und nach dem bißchen Erde, handvoll, gibt es meinen Vater nirgendwo mehr, wo man hingehen kann. Dafür steht er wie immer vor dem Trümmergrundstück Nonnenwerthstraße 2, wohin ich ihm entwischt war. So blaß wie alle Väter, die ihre fünfjährigen Töchter suchen. Denn bei fünfjährigen Töchtern weiß man ja nie, was passiert.

Die Moralität hat ihre besondere Unschuld. So unschuldig ist die Zärtlichkeit nicht. Unsere Väter waren fast zu moralisch, um zärtlich zu sein. Aber Kinder lassen sich nicht täuschen. Sie lieben die Moralität. Natürlich nur die wirkliche Moralität, die es fertigbringt, Falten aus purem Kummer zu bekommen, und sich noch sterbend um die anderen sorgt, die sie jetzt also allein lassen muß. Wer weiß, was danach aus ihnen wird.

Wir hatten gute Väter. Da es auch andere Väter gibt, muß man das laut sagen, damit mehr Väter gute Väter werden können.

Wenn ich auch glaube, daß es keinen Vater gibt, der nicht lieber ein guter Vater wäre. Wie es auch kein Kind gibt, das nicht lieber ein gutes Kind wäre. Aber wenn man dann ein paarmal mit dem Gutseinwollen Niederlagen erlebt hat und es entweder nicht bemerkt

wurde, wie man es gerade einmal war, oder gerade da
bemerkt wurde, wo man es ausnahmsweise nicht war,
nimmt man es mit dem Gutsein nicht mehr so genau.
Dann hat das Unglück schon angefangen. Denn um
so ungenauer man sich daran erinnern kann, wie es
war, als man ein gutes Kind war, um so unglücklicher
wird man.

Für sich selbst nämlich weiß jeder ganz genau, daß es
nie die Verhältnisse sind, die an allem schuld sind.
Das gilt nur für die anderen, denen man bessere Verhältnisse gewünscht hätte. Aber sich selbst kann man
nicht belügen.

Der erste Schnee oder etwas später im Jahr die ersten
Krokusse sind unschuldig. Das weiß jedes Kind und
läßt sich diese Unschuld gefallen, auch die Unschuld
der Schnecken nach dem Regen und setzt sie vorsichtig vom Weg, auf den sie sich getraut haben, ins Gras
zurück. Und damit weiß es schon, was die Schnecke
nicht weiß; es ist nie so unschuldig wie die Schnecke.
Es kann sie einfach mit dem Schuh zertreten, oder es
bringt sie in Sicherheit.

Kinder, die Väter haben, die blaß werden, wenn irgend etwas in der Welt nicht in Ordnung ist, versuchen herauszubekommen, warum ihre Väter so merkwürdig sind.

Auf dem Trümmergrundstück Nonnenwerthstraße 2
fand ich meinen Vater ganz und gar merkwürdig.
Warum soll man nicht aus dem Schulhof weglaufen,
zumal wenn der Schulhof zwei Tore hat? Zwischen
Trümmern kann man klettern. Rostiges Eisen riecht
lustig. Und der Hortensienbusch hat geblüht, obwohl

er zu gar keinem Haus gehörte. Aber er stand da wie kurz vor dem Jüngsten Gericht.

Nur noch einmal hat er so ausgesehen. Das war, als die Zigeuner gekommen waren.

Ecke Mommsenstraße und Euskirchenerstraße der kleine Platz, da standen auf einmal die Wagen, und ich wünschte, sie nähmen mich mit, jedenfalls ein Stück weit. Da kam er die Allee herauf. Von ganz unten. Klettenberggürtel, Brunokirche, Sülzgürtel, am Waisenhaus vorbei, Waisenhauskirche, und von da ist es ja nur noch ein ganz kleines Stück. Ich sah ihm an, daß er wußte, daß die Zigeuner gekommen waren. Da habe ich mich versteckt, blitzschnell, und er ist auf dem Platz herumgegangen, bei jedem Wagen stehengeblieben. Und nachher ging er ganz langsam die ganze Allee zurück, Mommsenstraße, Waisenhauskirche, Waisenhaus, Sülzgürtel, weiter konnte ich nicht sehen.

Dann habe ich mir Drops gekauft, eine Rolle Himbeerdrops, eine Rolle Zitronendrops, und bin langsam auch die Allee zurückgegangen, immer hinter ihm her. Aber er hat sich nicht umgesehen. Oben auf dem Balkon stand meine Mutter. Aber er sah nicht hinauf, sondern suchte nur nach dem Schlüssel. Meine Mutter hatte mich längst gesehen.

Im Treppenhaus hat er mich gepackt. So leise ich ihm nachgeschlüpft war, er hat es gemerkt. Seitdem war mir klar, daß es ein Altes Testament geben muß. Und daß es ohne Altes Testament gar kein Neues Testament hätte geben können.

Meine Mutter kannte mich besser. Aber sie hatte ja

auch noch ihren Vater gekannt, bevor er sich die Hirnhautentzündung zugezogen hatte.

Großvater war Kabarettist. Deshalb auch die Veilchen
für die Frauen anderer Männer und Großmutters Lebensenttäuschung, die dann doch nur eine halbe
Lebensenttäuschung war und später überhaupt durch
vielerlei wettgemacht wurde.

Mein Vater wußte natürlich auch, daß Großvater mein
Großvater war. Aber er wußte es nicht so wie meine
Mutter. Er fürchtete Großvater, denn er fürchtete das
kabarettistische Element.

Später, als ich im Polizeipräsidium Waidmarkt-
Georgsplatz gefragt hatte, ob ich laut für den Frieden
sein dürfte, also nach dem Anruf des Polizeipräsidenten bei meinem Vater – aber das war lange vor den
Studentenunruhen, zwischen Quinta und Quarta,
und ich fragte auch nicht allein, sondern mit meinen
Freundinnen Lissi, Walli und Ilse –, also nach dem
Anruf des Polizeipräsidenten, als ich meinem Vater
mein Weltbild veranschaulichen mußte, hat er meine
Mutter angesehen und «Das ist dein Erbe» gesagt, womit ja gemeint war: Großvaters Erbe.

Großvater war klein, wie ich. Schnell, wie ich. Er
konnte auf der Tischplatte tanzen. Kann ich auch. Er
konnte bereuen. Kann ich auch. Er konnte sich ent-
schuldigen. Kann ich auch. Jedenfalls dann, wenn er
einsah, daß alles längst verfahren war. Und wenn es so
weit ist, sehe ich es auch immer ein.

Während mein Vater immer sagte, daß das schon vor-
auszusehen war.

Heute sehe ich auch manchmal etwas voraus, aber immer noch öfter hinterher etwas ein. Das muß wohl so sein. Wozu hat der Mensch Väter und Großväter? Väter für die Moral, Großväter für die Nachsicht. Väter für die Lauterkeit, Großväter für die Nicht-ganz-so-Lauterkeit. Väter für die Wahrheit, Großväter für die Weisheit.

Unsere Väter haben nicht gemogelt. Denn das Leben bemogelt man nicht. Und sind im Profil gestorben. Den Tod bemogelt man auch nicht.

Aber darunter und darüber gibt es noch mancherlei. «Du wirst doch nicht schießen, Emil», hat mein Schwiegergroßvater gesagt und sich zwischen einen Streit mit Pistolen gestellt. Aber Emil hat geschossen, und mein Schwiegergroßvater war tot.

Mitten im Schlichtenwollen sterben, und wenn es dann noch mißlingt, ist nicht unbedingt vernünftig, ist sogar sehr unvernünftig, weil man ja nicht einmal die Lage der Hinterbliebenen voraus bedacht hat, die Witwen und die Waisen. Aber immer kann man nicht alles vorausbedenken. Und wenn das Leben alles vorausbedächte, wäre es gar nicht da.

Mein Großvater hat nicht einmal etwas geschlichtet, worüber er sich dann den Tod zugezogen hätte. Er ging nur an einem heißen Tag ohne Kopfbedeckung unter vielen anderen Spaziergängern, und schon das kann gelegentlich zu Hirnhautentzündung und frühem Tod führen.

Nach dem Begräbnis meines Schwiegervaters, und als es noch zwei Tage geregnet hatte, fuhren wir in das kleine Haus zurück.

Das Tor hatte niemand bewacht. Aber wer stiehlt heute noch ein Pferd?

XI

Wenn wir uns heute manchmal fragen, und wir fragen uns tatsächlich – aber erst, wenn die Uhr zwölfmal hintereinander geschlagen hat –, nein, eigentlich nicht fragen, nur ansehen, erschrecken wir jetzt immer ein bißchen.

Allerdings, immer noch ist fast alles wie immer. Wenn es jetzt auch acht Öfen sind statt einem und die Katze in der Küche schläft und wir Töchter haben und ein großes, ein bißchen krummes Haus. Mit einem Hausspruch im Balken über der Tür. Und Ostern Eier im Garten verstecken und vorher Gardinen waschen und April oder Mai – jedenfalls alle zwei Jahre neu – das Haus verputzen.

Aber das tut nur er. Auf der Leiter. Einen Eimer weiße Farbe. Einen Eimer schwarze Farbe. Schwarz für die Balken. Weiß für die Fächer.

Dann ziehen wir uns alle festlich an und machen einen Spaziergang. Oder es ist etwas Trauriges vorgefallen. Dann sitzen wir still auf unseren Stühlen, bis Nele sagt – das ist unsere kleinere Tochter –, daß der Elefant doch in ihr Bett darf. Und weil das wieder eine gute Nachricht ist, ziehen wir uns auch alle festlich an und machen einen Spaziergang. Und falls wir ausnahmsweise einmal auch dann noch zögern, sagt unsere größere Tochter, daß sie Ballettänzerin wird. Und dann ist ja überhaupt alles klar.

Es gibt überhaupt sehr viele klare Dinge. Am Sonntagmorgen länger im Bett liegen bleiben. Töchter die Unterschiede zwischen Mann und Frau selbst herausfinden lassen. Ergänzend aus der Schöpfungsgeschichte vorlesen. Langsam frühstücken. Sich küssen. Seine Kinder küssen. Schuhe putzen. Spaziergang. Außerdem verändern sich Spaziergänge je nach Jahreszeit. Dinge besprechen, die in der Welt vorgehen. Oder in der Nachbarschaft. Sonne beim Auf- und Untergehen zusehen. Morgens Gardinen aufziehen und abends zuziehen. Schlüssel im Türschloß herumdrehen. Milchschüssel für Katze füllen. Uhr aufziehen. Gute Nacht sagen.

Trotzdem sitzen wir jetzt manchmal – aber erst, wenn die Uhr zwölfmal hintereinander geschlagen hat, Kinder und Tiere schlafen – auf unseren Stühlen.

«Hört, ihr Herrn, und laßt euch sagen, unsre Glock' hat zwölf geschlagen».

Dabei ist unsere Uhr wirklich hübsch, mit einem Pendel aus blaßblauem Email.

Dann stehe ich auf und setze mich an meinen Schreibtisch. Aber das sage ich nur so. Es ist nämlich nur ein Blumenständer, und das Blumengeschäft hatte ihn außerdem auf die Straße gesetzt. Dabei hat sich das Holz etwas verzogen, und nachgedunkelt ist es auch. Aber für ein DIN-A4-Blatt ist Platz darauf. Auch für viele DIN-A4-Blätter übereinander. Und die vollgeschriebenen Blätter kann man ja neben sich auf den Boden fallen lassen.

Er steigt dann zum Beispiel in den Keller, um noch das Regal für die Winteräpfel nachzuleimen. Oder ganz leise auf den Speicher, um eine Dachluke auszubessern. Im nächsten Frühjahr wird unser Haus dreihundert Jahre. Das steht auch auf dem Balken. Aber vor dem Balken steht der Fliederbaum, und der hat geblüht, als wir einzogen.

Jedenfalls, seit wir gemerkt haben, daß wir die einzigen Erwachsenen im Haus sind, erschrecken wir jetzt immer ein bißchen. Das kam so. Da hatte die Uhr gerade zehn geschlagen. Wir saßen uns, aber ganz absichtslos, auf unseren Stühlen gegenüber. Da schrie unsere einjährige Tochter in ihrer Wiege. Die stand nebenan in der Küche. Die Katze war zu ihr in die Wiege gekommen. Dann wurde der Vogel wach. Und dann der Hund. Und dann kam unsere größere Tochter die Teppe herunter. Die ist ganz aus Holz. Und steil. Und wenn man noch halb schläft …

Eine Stunde später war alles wieder ruhig. Die Uhr schlug elf. Wir hatten keine Kinderehe mehr. Außer uns war niemand im Haus. Wir waren die einzigen Erwachsenen im Haus. Die Frage war: Wer war das schuld?

Die Schöpfungsgeschichte sprach für ihn und folglich gegen mich. Eva hatte herausgewollt, wo sie es gut hatten. Da konnte Gott nichts mehr für sie beide tun. Draußen in der Welt bekam sie Kinder. Damit hatte dann alles angefangen.

Wer hatte denn unsere Kinder geboren? Die Tiere ins Haus geholt? Überhaupt in dieses Haus gewollt? Wo es zumindest bei der Wand nach Osten zu, wo das

Fachwerk bis unters Dach reicht, jedes zweite Frühjahr neu eine Frage auf Leben und Tod ist, so oben auf der Leiter, ohne Gerüst ...

Doch Geburten passieren auch ohne Gerüst. Außerdem wäre es um einen Sprung in R$\ddot{u}$nderoth – wo die Wiese aufhört und der Wald anfängt und ich über den ersten Zaun und dann den zweiten, also vor dem dritten –, wenn ich da noch gesprungen wäre, ja wohl eine Wald- oder Wiesengeburt geworden. Allerdings, ich hätte nicht springen müssen. Oder hätte das Kind überhaupt nicht empfangen müssen. Aber wenn man das Leben immer nur verhütet, ist es nicht da. So lag es wenigstens in der Wiege. Auch wenn dann die Katze kam.

Aber er bestand darauf, daß ich das Paradies vertrieben hätte. Ich sagte, daß das Paradies erst jetzt angefangen hätte, weil wir jetzt Eltern wären. Und weil das Paradies sowieso nicht davor gewesen, sondern erst danach gekommen wäre, hinter dem Tor.

Dann schlug es zwölf. Wir saßen uns noch immer auf unseren Stühlen gegenüber. Aber dann ist er in den Keller gegangen, um nach dem Eingemachten zu sehen.

Und seitdem erschrecken wir jetzt immer ein bißchen. Allerdings erst, wenn die Uhr zwölfmal hintereinander geschlagen hat, und dann hat ja auch immer schon ein neuer Tag angefangen.

XII

Da war der kleine Teich, in dem wir nackt geschwommen sind. Wenn wir darin nicht nackt gewesen wären, hätten wir uns nicht mehr gefunden. Denn das Wasser war so dunkel wie die Luft.

Herr Thivet hatte einen Goldfischteich gewollt. Aber es sind dann doch keine Goldfische in den Teich gekommen.

Wenn das Tor schon lange geschlossen war und Nacht und nicht besonders viel Mond, haben wir unsere Kleider im Haus gelassen und sind an den Teich gegangen. Das haben ja nur die Bäume gesehen.

Mit ihm hatte ich keine Angst. Seit ich ihn kenne, habe ich immer nur mit mir alleine Angst. Ich weiß nicht, auf welche Gedanken ich komme, wenn er sie nicht teilt.

Bin ich ohne ihn, fällt mir kein Grund für Ehe ein. Ich konnte nur in diese Ehe gehen. Redselig bin ich ohne ihn geworden. Manchmal werde ich von Tag zu Tag redseliger. So finster, wie ich war, kann ich nie mehr werden.

Ich habe Freunde. Aber Freunde sind Überfluß. Freundinnen auch. Nur er ist notwendig. Aber ich rede nicht der Natur das Wort. Ich entnehme ihr keine Maßstäbe; denn sie weiß nicht, was wir wissen.

Sie weiß nicht, daß man nackt oder bekleidet sein kann. Die Fische im Teich haben keine Wahl. Aber wir haben die Wahl. Und wenn wir die Kleider zu Hause lassen, bei nicht besonders viel Mond, oder

Vollmond, einmal nämlich war es Vollmond, absolut rund randvoll Mond, sehen es zwar die Bäume, aber was sehen Bäume? Die Natur ist kein Maßstab. Sie ist ernst. Wir konnten auch ernst sein. Ganz gesammelt ernst. Kleider auf die Schuhe. Haustür leise aufgemacht. Nicht über den Kies. Kies knirscht.

Herr Thivet wohnt den Sommer über in seinem Haus. Doch von seinem Haus kann man den Teich nicht sehen. Am Teichrand, flugs, Zehenspitzen prüfen schnell, und Wasser bis zum Hals im Teich, Wasser bis Schulter weg, Wasser bis zum Kinn. Und dann?

Schwimmen, ach, lieber im Wasser stehen, Wasser bis über die Brust. Ernst natürlich, bis der Ernst überkippt, dann schnell untertauchen, wegschwimmen, voneinander weg.

Wenn wir schon lange nicht mehr ernst sind, sind es die Bäume immer noch, und das Wasser wird kälter, und die Luft will uns verabschieden. Dann sind wir folgsam und gehen ins Haus. Sondern uns ab vom Wasser, von der Luft, vom Ernst. Denn das Haus bewohnen wir. Unernst und Ernst wiegen dort gleich viel.

Außerdem brennt Feuer. Kastanienholzklötze brennen langsam. Das Haus hat nur einen einzigen Raum. Aber den will ich jetzt nicht beschreiben. Ich kenne ihn noch zu gut, wir wohnten fast zwei Jahre in diesem einzigen Raum.

Seit da habe ich Angst ohne ihn. Ich weiß nicht, ob er genau so Angst hat ohne mich. Aber Trennungen sind schwierig. Selbst Trennungen, um Besuche bei Freundinnen zu machen.

Notwendig ist nur er. Auch Kinder sind Überfluß.
Machen keine zwiespältigen Gefühle, sondern immer
nur eins. Oder man ist zu unglücklich, um das noch
zu sehen. Aber bei ihm habe ich zwiespältige Gefühle. Allerdings teile ich sie ihm mit.
Zwiespältig ist: Heute kann ich auf keinem Damm
mehr alleine gehen. Jedes Frachtschiff würde mich
überholen, jeder Wind mich wegblasen. Früher war
auch Wind. Aber da konnte ich noch siegen, zumindest manchmal, ganz weggeblasen wurde ich jedenfalls nicht.
Aber da kannte ich ihn noch nicht, fürchtete mich
noch nicht. Ich war immer bei mir. Die Furcht wuchs
mit dem Zusammenaufstehen und Sichzusammen-
hinlegen. Selbst in solchen Nächten, Wasser bis
Schulter weg, Wasser bis zum Hals, Wasser bis zum
Kinn, wuchs die Furcht. Nicht Angst, sondern
Furcht. Die Angst enthält ihn nicht. Die Angst
kommt, wenn er nicht da ist. Die Furcht hält ihn bei
mir, dicht, oder bringt ihn an mich zurück.
Nur wenn ich alleine durch eine Straße gehen muß
oder Zug fahren muß, kommt die Angst und löscht
die Furcht aus. Dann vergesse ich das Haus, die Tiere,
die Kinder, ihn. Ich glaube nicht mehr, daß ich zu-
rückkommen kann. Denn der Zug fährt nach Stuttgart oder Hamburg oder Berlin. Zu einer Freundin.
Oder einer Rundfunkaufnahme. Oder einer Podiumsdiskussion. Dann bin ich allein. Ohne Lampenfieber.
Nur allein. Lampenfieber war früher. Bei Gedichten.
Auch beim Schäfchenlied. Denn da war es ja nur ich.
Allein ist nicht dasselbe wie nur ich. Mit nur ich kann

man Hirtin sein oder Flugzeug fliegen oder Che Guevara besuchen, Che Guevaras Grab natürlich, wenn er eins bekommen hat. Mit nur ich kann man Kirchenfenster malen und den Wolken hintennach sehen. Mit nur ich ist die Welt möglich.

Allein ist sie unmöglich. Beim Umsteigen hilft manchmal Pommes frites. Aber nur, wenn die Mayonnaise ganz zähflüssig ist. Doch manchmal gibt es auch keine Pommes frites.

Auf dem Weg nach Diekholzen über Hannover, Hildesheim gab es keine. Aber den Vortrag habe ich doch gehalten. Nur in der Nacht wurde es schwierig. Denn Diekholzen–Marienhagen, das ist kein direkter Weg. Aber wenn man früh den ersten Bus bekäme, damit von Diekholzen nach Hildesheim führe, richtig nach Hannover umstiege und von da nach Köln, und wenn dann in Dieringhausen auch noch der letzte Bus nicht abgefahren wäre, dann hätte man es geschafft.

Aber in Diekholzen kamen mir Zweifel. Wenn mir Zweifel kommen, weiß ich, daß ich das, woran ich zweifle, nicht schaffen werde. Ich zweifle immer daran, daß ich etwas schaffen werde, wenn ich allein bin. In Diekholzen war ich allein. Im Polizeipräsidium zwischen Quinta und Quarta war ich nur ich. Nur ich, und die Welt vielleicht gegen mich. Und ich mit Lampenfieber, weil ich laut für den Frieden sein wollte.

Das Polizeipräsidium ist hoch. Im Aufzug fuhr ich immer höher. Allerdings nicht allein, sondern mit meinen Freundinnen. Aber Wallis Vater war selber Polizist, und Ilse hatte den Pferdeschwanz, und Lissi träumte mit offenen Augen. Deshalb habe nur ich mit dem Polizeipräsidenten geredet.

Die Welt wäre schon lange die gleiche, so ungefähr fing ich an. Da wollte der den Namen meines Vaters wissen und unsere Telephonnummer, und ich habe noch schnell gesagt, daß ich nicht unordentlich für den Frieden sein wollte. Das habe ich aber nicht aus mangelndem Mut gesagt, sondern um eine präzisere Angabe zu meiner Friedensvorstellung zu machen.

Für den Frieden kann man nur sein, wenn man nicht allein ist. Wenn man allein ist, sucht man nach einer Decke, um sie sich über den Kopf zu ziehen, oder nach Pommes frites mit Mayonnaise. Allein ist man, wenn man Vorträge halten muß. Oder bei Podiumsdiskussionen. Allein ist man überall, wo es sachlich zugehen muß. Es muß fast überall sachlich zugehen. Bei Podiumsdiskussionen soll man nicht den Kopf in die Hand legen oder lange still dasitzen oder laut nachdenken, auch nicht laut weinen.

Nur manchmal, aber ganz selten, passiert das Wunder. So selten, daß man es zählen kann. Da entstehen Freundschaften. Vielleicht hat irgendeiner nur so geblinzelt oder noch irgendwo einen Wein gefunden oder ein Taschentuch zur Hand gehabt. Das Dumme an Freunden ist, daß sie dann immer woanders wohnen. Meine Freunde jedenfalls wohnen von mir aus in allen Himmelsrichtungen. Manche sind auch einfach in einem anderen Jahrhundert geboren und auch darin gestorben.

Aber bei Freunden kommt das andererseits auch nicht so sehr darauf an. Man hat ja nicht nackt mit ihnen in einem Teich gestanden. Wasser über die Brust, Wasser bis Schulter weg, Wasser bis zum Hals, Wasser bis zum Kinn. Man hat sich nur verstanden.

Wir verstehen uns auch. Aber es ist ein Unterschied, ob man sich nur versteht, also zugeblinzelt hat, halben Augenblick lang oder länger lang, und dann jeder für sich weitergegangen ist, nach allen Himmelsrichtungen, jeder in seine Wohnung, wie der liebe Gott in seinen Himmel zurück, oder ob man dann noch zusammen lebt.

Und wir leben zusammen. Schulterblatt an Schulterblatt. Nabel auf Nabel. Zwölf Jahre.

Wenn es im Teich kalt wird – die Bäume immer noch ernst –, wenn wir ins Haus laufen, aus der Luft gekippt, aus dem Ernst gekippt, wenn wir essen, mitten in der Nacht mit Messer und Gabel essen, haben wir alles besiegt.

Herr Thivet ist allein. Auch wenn ihm hier alles gehört. Wenn er in seinen Teich guckt, verrät der ihm nichts. Auch seine Bäume verraten ihm nichts. Aber, was sage ich, Herr Thivet will vielleicht auch gar nichts verraten haben. Herr Thivet zieht sich vielleicht das Bettuch übers Gesicht, weil er nicht dumm genug ist, darauf zu beharren, daß es alles zu kaufen gibt. Viel Glück gibt es zu kaufen. So ist das nicht. Aber das Glück am Glück, wo kauft man das?

Fast zwei Jahre hielt das Tor die Angst ab. Keiner von uns ging allein durch das Tor. Über die Zuckerrübenfelder, Pappelreihen zwischendurch, gingen wir immer zusammen. Weißblaue Wolken, nein, nur die Zwischenräume zwischen den Wolken waren blau, der Himmel sozusagen. Im Sommer auch Korn. Im Herbst der Martinszug, von Liblar-Frauenfeld bis zu den Giebelhäusern Marktplatz Lechenich.

Da gab es die Autobahn noch nicht. Auch nicht die Hochhäuser.

Da, ungefähr, wo jetzt die Hochhäuser stehen, auch das, in dem Hanns Martin Schleyer versteckt war, bevor man ihn finden wollte, und da war er dann tot, und das Versteck noch kleiner, ein Kofferraum in Mülhausen, wo also nur Felder waren, rund um das ganze Gestüt, da habe ich den Haselkätzchenbusch gefunden und einmal auch einen Zweig mitgenommen.

Zweiter Teil

I

Dann kam die Stadt. Januar 1968. Hochzeit. Wir hatten unsere Universitäten vergessen. Eigentlich hätten wir sie immer sehen können. Das Gestüt lag genau in der Mitte, von den Universitäten aus betrachtet.

Wir haben unsere Universitäten geliebt. Es ist gut, zu wissen, daß Menschenwissen irgendwo gut aufgehoben wird. 1968 allerdings war das nicht mehr so sicher.

Vielleicht sind wir auch nur deshalb durch das Eisentor endgültig fortgegangen.

Ich wollte ein Kind. Aber ich wollte auch die Revolution. Kesseltreiben und Wasserwerfer gab es hier kaum. Köln und Bonn sind ja nicht Frankfurt oder Berlin.

Doch im Innenhof der Friedrich-Wilhelm-Universität in Bonn, und das war im März, merkte ich, daß zwei Jahre verschlafen waren. Keine Kirchengeschichte. Keine Exegese. Keine systematische Theologie. Seit der Poppelsdorfer Allee alles für unentschieden belassen: der historische Jesus, der verkündigte Christus. Ob das noch eine Frage war?

Nach den Flugblättern überall, auch hier im Innenhof, halb zertreten, aber jederzeit imstand, wieder hochzuwirbeln, wenn der nächste Windstoß kam, nach den Parolen an den Wänden, in den Gängen, vor den Seminaren wohl kaum.

Aber diese Revolution meinten wir nicht.

Ich weiß nicht, ob das anders gewesen wäre, wenn es Frankfurt oder München oder Berlin gewesen wäre. Hier war Benno Ohnesorg nicht erschossen worden. Vielleicht war es nur das. Aber ich glaube es nicht.

Wir hatten oft – auf den Zuckerrübenfeldern, aber auch auf den Wegen kreuz und quer durch das Gestüt – über das kleine blaue Loch zwischen den Wolken gesprochen, an das Törleß die Leiter stellen wollte, um da hineinzusteigen. Ursprünglich hatten wir darüber gesprochen, weil das das Dissertationsthema war, das ich mir an einem Spätnachmittag – da lebten wir schon ein Jahr auf dem Gestüt – im germanistischen Institut der Universität Köln geholt hatte. Wenn man alle Scheine in einem Fach beisammen hat, kann man sich ja ein Dissertationsthema holen. Es hieß «Die Funktion des Möglichen im Erzählzusammenhang Robert Musils». Und kam uns weit genug vor, um viele Fragen daran zu stellen. Und eine unserer Lieblingsfragen war die nach der Leiter in das kleine blaue Loch.

Wenn ich das so sage, wird man es mir glauben, so wie ich es mir offensichtlich schon selbst glaube. Aber so war es nicht. Es stimmt, daß wir unablässig über die Leiter in das kleine blaue Loch gesprochen haben. Doch das war ein Kompromiß. Denn ausgerechnet diese Frage hatte ich nicht. Ich wäre nie auf die Idee gekommen, einfach von der Erde aus eine Leiter an den Himmel oder an die Wolken zu stellen. Ich wollte überhaupt kein Dissertationsthema. Oder wenn schon, dann eines, das mehr für den Hausgebrauch hergegeben hätte. «Kleine Geschichte des Abendlieds oder Morgenlieds» zum Beispiel.

Das wollte er nicht. Er bestritt, daß man an so etwas heutzutage noch so unkritisch, mit einem Wort: positivistisch, herangehen könne.

Aber Morgenlieder und Abendlieder braucht man immer. Womit soll man denn sonst die Kinder wecken und zu Bett bringen? Da fand er, so weit wären wir noch nicht. Außerdem gäbe es Menschen, die überhaupt nicht singen könnten. Ihn zum Beispiel. Das irritierte mich. Warum er denn nicht singen könne. Singen könne man nur in der Unendlichkeit, sagte er.

Aber die Männer im Männergesangverein in der Cäcilia Wolkenburg singen doch auch. Und im Kirchenchor. Und im Krieg. «Eben», sagte er.

Das hieß also, daß Singen ein Ausdruck von Beschränktheit war. «Aber ich habe das Schäfchenlied laut gesungen», beharrte ich. Das bestritt er nicht. Er liebte mich ja. Aber er war gegen falsche Verallgemeinerungen.

«Du würdest also nicht singen lernen wollen?» fragte ich ihn. Das bestritt er. Er wollte schon, aber erst, wenn alle Beschränktheit davon abgefallen sei.

Da habe ich nachgedacht, an wen er mich erinnert, und bin auf den Kompromiß gekommen. Das war auf so einem Zuckerrübenfeld. Da fiel mir Törleß ein. Oder Ulrich. Das Problem war ja fast das gleiche, nur daß Ulrich nicht die Leiter an den Himmel stellen,

sondern den heiligen Weg mit einem Kraftwagen befahren oder das Generalsekretariat für Genauigkeit
und Seele einrichten wollte.

Und dann fuhr gerade ein Bus vorbei, und ich bin
aufs Trittbrett gesprungen und habe noch am selben
Nachmittag das Dissertationsthema bekommen. Seit
da redeten wir oft über den Himmel und Leitern und
Kraftwagen.

Mein Vater war Professor und hatte viele Bücher.
Nach und nach entwendete ich sie ihm, und wir
brachten sie in unser kleines Haus. Am Anfang waren
sie sogar unsere Stühle und Tische. Wir stapelten sie
einfach aufeinander, um nicht auf dem Fußboden sitzen zu müssen. Und noch höhere Stapel machten wir
zu Tischen. Es stimmt, daß ich dabei ein einziges Mal
auch von einer Leiter geträumt habe, einer Bücherleiter bis unter das Dach und durch den Schornstein bis
in den Himmel hinein. Aber nicht, um zu gucken,
was es mit dem blauen Loch auf sich hatte, sondern
nur so, um dem lieben Gott einen Abendbesuch zu
machen.

Schon als Kind in der Straßenbahn bin ich davon ausgegangen, daß Gott die Revolution will. Man mußte
sie also nicht gegen ihn machen. Er war ja selbst dafür. Er wußte nur nicht genau, wie.

Großmutter glaubte das auch. Er wußte nicht, wie.
Das war es. Aber was konnte man da machen? Tante
Wiesenthal hatte das kleine blaue Buch, in das sie ihre
Gedanken schrieb. «Wenn die Menschen ein reines
Herz hätten», hatte sie auf den Umschlag geschrieben. Onkel Mohn fand natürlich wichtig, daß alle

Menschen das Recht haben, Blumen so zu benennen, wie sie sie nennen wollten. Das kam also in das Buch. Großmutter fand das zwar überflüssig, weil es sowieso Mohn und nicht russischer Klee gewesen wäre. Aber sie fand, daß es mehr Gemischtwarenhändler geben müsse und keine Todesstrafe und keine üble Nachrede. Das kam auch in das Buch.

Tante Mary Oyxter wollte allerdings Sonderrechte für die Schweiz, und es wurde nie entschieden, ob das auch in das Buch durfte. Denn Tante Suse Borgh und Tante Frieda Altermann erklärten, daß damit alles wieder von vorne anfinge und Tante Oyxter überhaupt eine Reaktionärin sei. Und Tante Oyxter fand dann, daß das Terror sei, denn die eigene Nationalfahne müsse jeder Mensch allen anderen Fahnen vorziehen dürfen.

Das blieb also ungeklärt. Aufgenommen in das Buch wurde aber mein Vorschlag, einfach einmal zu Gott zu gehen, um die Sache mit ihm selbst zu besprechen. Onkel Mohn machte mir dann Flügel, die nie fertig wurden. Und so konnte ich nicht hinauf.

Daran dachte ich, als ich von der Bücherleiter träumte, bis unters Dach und durch den Schornstein nach oben.

Das Polizeipräsidium in Köln war auch ein hohes Gebäude. Jedenfalls höher als die normalen Wohnhäuser, und eben deshalb hatte es mich auch an den lieben Gott erinnert. Aber von da konnte ich auch nicht hinauf. Und das Abgeordnetenhaus in Bonn ist auch ein hohes Gebäude. Und wenn wir seinen Vater besuchten, kamen wir bis ganz oben hinauf. Aber auch

Abgeordnete sind nur Abgeordnete der Erde. Deshalb will ich ja auch kein Abgeordneter werden. Schon Abweichler haben es als Abgeordnete schwer. Jedenfalls: 1968 wollte ich die Revolution – wenn auch keine gegen Gott. Am sechzehnten Januar hatten wir geheiratet. Und einen Monat später war ich schwanger. Und noch einen Monat später wußte ich, daß ich schwanger war. Aber ich wußte auch Sasebo. Und im März war ausnahmsweise auch in Köln fast so etwas wie eine Demonstration. In Memphis wurde Martin Luther King erschossen. Drei Kugeln auf Rudi Dutschke – Wolf Biermann im Wagenbach-Verlag. Das Attentat war in Berlin passiert. Kurfürstendamm. Dann der Pariser Mai. Plötzlich Demonstrationen überall: Mailand, Rom, Wien, Genf, Belgrad, Madrid, London, New York, Tokio, Ankara, Istanbul. Später im Herbst Mexiko. Der Platz ist von Soldaten umstellt. Auf den Dächern der Häuser Zivilpolizei. Geben den Soldaten unten auf dem Platz das Zeichen.

Aber ich habe nicht demonstriert. Nicht in der Bartholomäusnacht. Nicht in der Kristallnacht. In solchen Nächten weiß man ja auch noch nicht, was sich vorbereitet.

Aber Dachau habe ich gesehen. Das war im Sommer. Da war ich schwanger. Und in Lüneburg, das war im Herbst, und ich war immer noch schwanger, fiel mir Bergen-Belsen ein.

Einmal wollte ich nicht, daß das Kind zur Welt kommt. Ich hatte ein anderes Kind gesehen. Beim Haareschneiden, beim Friseur. Ein totes Kind in Vietnam. Ich hätte nie demonstrieren können. Wie macht man das? Wie bewegt man sich noch? Vielleicht schläft das tote Kind ja nur. Man muß leise sein.

Zehn Jahre war ich leise. Aber manchmal nicht. Manchmal ging ich aus dem Haus. Zum Friseur zum Beispiel. Dann passierte es. Ich habe ganz viele tote Kinder gesammelt. Schlafende Kinder. Tote Kinder. Schlafende tote schlafende Kinder. Der Weltgeist hat mir nicht geholfen. Aber das bezweckt er wohl auch nicht. Ein totes Kind. Vielleicht geht alles. Aber das geht nicht. Da kann man keine Leitern mehr in den Himmel hineinstellen, nicht einmal an die Wolkenränder.

Vergewaltigungen haben mich nie gekümmert. Sollten sie mich doch vergewaltigen. Aber ich bin nie vergewaltigt worden. Zweimal hätte es vielleicht geschehen können. Aber dann haben wir uns unterhalten. In Duisburg. In Köln.

Unsere Hochzeitsnacht war in Xanten. Wenn sie nicht schon auf dem Witthoh gewesen wäre. Aber das war ja keine Nacht, sondern ein Morgen. Es ist gut, wenn die Sonne dabei sein kann. Jedenfalls, wenn man sich noch nicht sehr genau kennt. Wir kannten uns allerdings schon auf der Poppelsdorfer Allee. Und wenn es auf der Stelle rabenschwarze Nacht geworden wäre, hätten wir schon da zusammen schlafen können. Zuneigung ist schnell. Wir waren uns schon zugeneigt, als die Begierde noch über uns in den Baumwipfeln schaukelte, in allen Baumwipfeln, die ganze Poppelsdorfer Allee entlang. Wenn sie sich auf uns senkte, nicht länger unschlüssig, nicht länger sehnsüchtig, nicht länger verspielt, wenn sie uns ergriff, mußten wir schon Hand in Hand verbündet sein. Das ist das einzige Mittel. Aber was ist das Mittel gegen den Tod?

Vielleicht stimmt es nicht, und man muß die Revolution doch gegen ihn machen. Vielleicht ist Gott nicht für die Revolution. Selbst wenn er wüßte, wie.

Wenn deine Kinder schlafen, tot sind, schlafen, schlafen, manchmal im Profil, ist alles noch rund, diese ganze kleine Linie – für was gewölbt? – dicht unter den Wimpern bis zum Kinn, hast du die Einsätze fliegen lassen, über die Kindergärten, über die Wüste, über die Großstädte, über den Dschungel? Weil du den Kommunismus liebst? Oder den Faschismus? Das Militär? Die Generale? Den Sieg?

So tot können sie nie mehr sein. Nur jetzt sind sie tot. Solange diese kleine Linie, halbrund, sie unterscheidet gegen einen toten General.

Es ist nicht alles eins. Solange man noch etwas erkennen kann, nicht. Manche haben Rüstungen an. Da blitzt selbst der Tod. Andere haben Haut.

Vielleicht mußt du dich doch politisieren lassen, lieber Gott. Auch wenn Politik nicht alles ist.

Das Kind kam im November. Dreißigsten November. Das alte Jahr war fast um.

II

Großvater war Kabarettist. Das soll man vielleicht
nicht sein. Großmutter sagte immer, daß sie sonst jedenfalls nicht lesbisch geworden wäre. Und Tante
Wiesenthal sagte dann immer, daß sie es ja schon vorher gewesen wäre. Und daß Großvater sonst nicht Kabarettist geworden wäre.
So war das nun. Ich bin auch erst lesbisch geworden,
als ich glücklich verheiratet war und eine kleine Tochter hatte. Aber das will ich jetzt nicht beschreiben. Etwas anderes will ich beschreiben. Meinen Zwiespalt.
Wir wohnten in einem Appartement in Köln. Ganz
oben, vierter Stock. Auch wieder ein einziger Raum.
Aber eben ein Appartement. Fast zwei Jahre hatten
wir keine Zeitung gelesen. Hier abonnierten wir sie alle auf einmal. Dabei waren die Universitätsbuchhand-
lungen unter unserem Fenster.
Wir hatten eine Kaffeemaschine gekauft. Wir lagen
jeder in einer Ecke, Finger in den Ohren – unten fuhr
die Straßenbahn – und lasen. Unsere Tochter zwischen uns schlief. Oder war zwischen uns wach.
Dafür, daß wir jetzt wieder studieren wollten, bekamen wir aus unseren Elternhäusern so viel Geld wie
fürs Torbewachen.
Wir lasen Lenin, Engels, Marx, Trotzki, Kautsky,
Liebknecht, Bebel, Lassalle. Tausend Seiten Lukács.
Tausend Jahre konkrete Utopie.
Wir hatten Jeans und einen Kinderwagen und einen
Zwei-CV. Aber ich hatte auch Kleider, denn manch-
mal wollte ich schön sein.

Abends gingen wir durch die Stadt. Er fuhr den Kinderwagen. Vor den Geschäften mit den Orientteppichen war ich traurig. Wollte eine bürgerliche Versorgungsehe haben. An seinem Hemd fehlte ein Knopf. Aber ich kann nicht nähen.

Ich konnte überhaupt nichts. Er duschte mich morgens und abends, hielt den Fön in drei Zentimetern Abstand von meinem Haar. Er wickelte das Kind. Dafür hatte ich es ja geboren. Aber das war ungerecht, denn die Geburt hatte nicht wehgetan, nicht sehr weh jedenfalls.

Auf jeden Fall war das Wickelpaket, das er machte, schöner als meins. Mein Essen brannte auch immer an. Nichts ging ohne ihn. Alles mißglückte. Auf der Straße allein wagte ich nicht zu stehen. Im Supermarkt an der Kasse konnte ich meinen Platz in der Schlange nicht behaupten. Nie kam ich dran. Die Körbe der anderen Frauen waren ganz voll. In meinem, je nach Jahreszeit, Radieschen oder Ananas oder einfach Büchsenmilch. Da kaufte er ein.

Dann fand ich die Katze. Die ist dann immer mit umgezogen.

In Köln wohnen viele Beamte. Es gibt auch viele Versicherungen. Untersachsenhausen ist ganz dunkel von Versicherungen.

Aber vor Sankt Gereon gibt es den Blumenmarkt einmal im Jahr. Und am Altermarkt das Haus mit den Puppenspielen. Und von Sankt Kunibert über Sankt Ursula vorbei an Sankt Maria Himmelfahrt bis Sankt Andreas – und von da ist es ja nicht mehr weit zum Dom – oder von Groß-Sankt Martin über Sankt Maria im Kapitol, Sankt Maria in Lyskirchen, Sankt Pantaleon, Sankt Peter, Sankt Aposteln bis Sankt Severin war ich immer zu Haus.

Ich kannte alle Legenden, von Sankt Matern und vom heiligen Gereon, von Kunibert und Hildeboldt, von Sankt Anno und von dem heiligen Albertus. Und vom Finger des heiligen Nikolaus, dem Schutzpatron aller Schiffer, Fischer und Müller, der auch 1374 geholfen hat, als zum Waidmarkt, Heumarkt und Altermarkt alles voll Wasser stand. Denn der Fluß fließt mitten durch die Stadt. Immer noch.

Wenn wir abends durch die Stadt gingen, der Kinderwagen hatte hohe Räder, auch über alle Brücken, hin und zurück, war alles gut.

Dann wollte ich Pommes frites. Und alles war immer noch gut. Aber dann hätte ich manchmal gern den Orientteppich gehabt. Vielleicht auch nicht wegen der Versorgungsehe, sondern nur so, um ihn mitten in der Stadt miten in der Nacht auszubreiten und mich daraufzulegen, bis die Schmach mit den Superläden getilgt war.

Mit sicherem Griff in die Regale fassen, den gefüllten Einkaufswagen durch die Gänge balancieren, die moderne junge Frau sein, mit hygienischen Tampons, nein, davor fürchte ich mich, viel lieber ein ganzes Martyrium wie die heilige Ursula mit den elftausend Jungfrauen als einen einzigen Tampon. Warum kann Blut nicht einfach die Beine lang heruntertropfen, wenn es das so will?

Ich hätte doch Hirtin werden sollen. Nur Schafe. Schafe haben keine deutlichen Vorstellungen, wie etwas sein muß. Sie kommen ja auch nicht aus der Stadt.

Aber selbst wenn man aus der Stadt kommt, kann es einem passieren, daß man doch lieber weggeht. Wie ich lieber weggegangen bin. Zu den Dämmen Richtung Worringen. Nach Flittard, da gab es die Erdbeerbowle. Oder einfach ins Trümmergrundstück Nonnenwerthstraße 2.

Mit einem Versagen für sich allein kann man fertig werden. Es sieht nicht einmal unbedingt nach Versagen aus. Denn da ist man ja noch «nur ich». «Nur ich» war unkontrolliert. «Nur ich» sprang während der Fahrt vom Trittbrett der Straßenbahn. Aber da war es noch keine Straßenbahn, sondern eine ganz gewöhnliche Bimmelbahn. Aber jetzt wurde es ein Versagen. Jetzt war ich nicht mehr «nur ich».

Alle anderen Frauen um mich herum waren emanzipiert, versagten nicht, gingen in den Supermarkt, gaben ihre Kinder im Kindergarten ab, wurden berufstätig.

In dem kleinen Haus zwischen den Zuckerrüben gab es keine Vergleiche. Zuckerrüben kann ich auch aus dem Boden ziehen. Einem einzigen Topf beim Kochen zusehen kann ich auch. Nackt im Teich stehen kann ich auch. Aber jetzt verglich er mich. Und meinte, daß ich mich emanzipieren müsse.

Das war im Herbst. 1969. In Hanoi war Ho Chi Minh gestorben, in Bonn begann die sozial-liberale Koalition. Schon über ein Jahr gab es den Aktionsrat zur Befreiung der Frau.

Und ich war immer noch nicht emanzipiert. So unemanzipiert, daß ich mich fürchtete, wenn ich mit dem Kind allein auf einer Bank saß, und er kam nicht. Väter müssen bei ihrer Familie sein. Wenn beispielsweise ein Flugzeug käme über den Spielplatz, dann war es zu spät.

Im Archiv der orthopädischen Klinik der Universität war eine Hilfsstelle frei. Ich bewarb mich und bekam sie. In den kleinen rasselnden Aufzug legte ich die angeforderten Akten. Krankheitsgeschichten, wiederholte Knochenbrüche, Muskelzerrungen, Gelenkverstauchungen, Schäden der Wirbelsäule, Senkfuß, Spreizfuß, Knickfuß. Auch spastische Fälle. Spastische Kinder.

Manchmal lief ich leise nach oben vor die Glastür der Kinderabteilung. Schwestern hingen sich die Kinder ab und zu nur so eben über die Schultern. Sie schienen ganz leicht zu sein. Nur die Augen nicht. Die waren wie Murmeln.

Aber nach drei Monaten mußte ich die Stelle abgeben; sie war nur vorübergehend frei und wurde jetzt wieder ordentlich besetzt. Ich gab den Kittel im Waschhaus ab.

Emanzipiert war ich immer noch nicht. Nicht einmal verändert. Archive riechen fast wie Bibliotheken. Auf die Leiter steigen muß man in Bibliotheken auch. Und auch Krankengeschichten kann man lesen. Ich hätte überall arbeiten können. Das war es nicht. Nein, nicht überall. Ich hätte servieren können, spulen können, steppen können, montieren können. Man hätte es mich lehren müssen, dann hätte ich es gekonnt.

Besser, als in Superläden einkaufen müssen, besser, als Auto fahren lernen müssen, besser als Silvesterparties, besser als Stereoanlagen, besser als Gruppensex. Aber das verlangte er auch nicht; er wollte nur eine moderne junge Frau.

Ich kann genauso aussehen. Das ist ja nicht schwer. Manchmal habe ich es den ganzen Tag geschafft. Zog früh eine Hemdbluse über den Kopf. Haar frisch gefönt. Keine Sandale verloren. Kinderwagen durch die Stadt balanciert. Sogar in die Straßenbahn. Straßenbahnfahrer half. Im Supermarkt Kinderwagen abseits gestellt. Kind aus dem Wagen genommen, auf dem linken Arm getragen, Einkaufswagen durch die Sperre geschoben, durch die Gänge gerollt, vollbepackt vor Kasse, bezahlte Ware in das Einkaufsnetz am Kinderwagengriff umgefüllt.

Am Abend hatte ich Kopfschmerzen. Versagen war unvermeidlich, lebenslängliches Versagen.

«Es ist einfacher, Kreuzzüge zu führen, als eine moderne junge Frau zu sein», sagte ich.

Es war nicht so, daß er mich nicht verstanden hätte. Er kannte mich ja. Und er hatte mich geheiratet. Was sonst kein Mann getan hätte. Weiß ich heute. Damals hatte ich, was das betrifft, noch keine Vorstellungen. Ich glaubte felsenfest, daß ich leicht zu heiraten sein würde; ich sah mich nicht einmal um.

Ganz früh allerdings habe ich selbst Heiratsanträge gemacht, fünf Jahre, sechs Jahre, sieben Jahre alt. Großmutter sagte, daß man alles selbst in die Hand nehmen müsse. Aber mit zwölf wollte ich nicht mehr alles selbst in die Hand nehmen. Da dachte ich, obwohl ich da nicht mehr zu ihm betete, für irgend etwas muß er bestimmt gut sein, zum Beispiel dafür, den Mann für mich zu finden, der zu mir paßt.

Und er hat ja dann auch zu mir gepaßt, wenn das auch nicht heißt, daß ich weiß, was ich über ihn weiß. Wenn man zusammenlebt, weiß man immer weniger, was man übereinander weiß. Über meine Freunde weiß ich mehr.

Im Herbst ist er auf den Apfelbaum gestiegen und hat Äpfel heruntergeschüttelt. Ich habe sie aufgesammelt. Was weiß ich damit über meinen Mann? Er hat die Wiege für unsere Töchter gemacht. Auch einen Schrank. Er hat Baumstämme zersägt. Er konnte bessere Wickelpakete machen. Aber er kann auch durch Supermärkte gehen, schnell und umsichtig den Einkaufswagen beladen und Auto fahren. Fürchtet Stereoanlagen nicht, auch keine Silvesterparties, auch wenn er sich auf Silvesterparties nicht küssen läßt, auch nicht von mir. Aber was weiß ich damit über ihn?

Ich weiß auch nicht, was ich über mich weiß. Früher nicht, heute nicht. Denn mit mir lebe ich auch zusammen. Aber eine Zwischenzeit lang nicht, da lebte ich nicht mit mir zusammen, da wuchs der Zwiespalt, da wußte ich etwas über mich. Das waren die Zeiten, in denen ich mich emanzipieren sollte.

Er wollte, daß ich mich emanzipiere. Ich sah auf meine Schuhspitzen und schämte mich. War François Villon emanzipiert?

Großvater war Kabarettist. Aber nicht am Tag. Am Tag war er Ingenieur: Frack, Zylinder, Uhrkette, Bon-

bondose. Als er achtunddreißigjährig an Hirnhautentzündung starb, ließ er ein Vermögen zurück. In Großmutters Photographiealbum konnte ich es noch sehen. Ein Schloß. Klein, aber durchaus ein Schloß. Aber Großvater kam dahin sozusagen immer nur auf Besuch. Nachmittags zwischen fünf und halb sechs. Dann zog er sich um. Großmutter sagte: «Er hat mich nur ein Jahr geliebt.» Aber deshalb wird ein Mensch doch nicht Kabarettist.

Abend für Abend nämlich nach Ablauf dieses ersten Ehejahres stand Großvater auf einer kleinen Bühne: «Wind, Hagel, Regen, Schnee, ich bin geborgen, Zuhälter bin ich, brauch' für nichts zu sorgen.» Es stimmt, daß Großvater manchen Frauen gefiel. Aber Zuhälter ist übertrieben. Es kann auch sein, daß er nicht gerade an Hirnhautentzündung gestorben ist. Aber mein Vater hatte es ein für allemal Hirnhautentzündung genannt. Großmutter nannte es auch so. Verbotener Markttag genügte. Außerdem ist nie offiziell geklärt worden, was zuerst war, also ob sie zuerst lesbisch oder er zuerst Kabarettist war.

In guten Familien erübrigt sich zudem eine solche Fragestellung. Mein Vater jedenfalls hat immer gesagt: «Großvater war kein Mann. Zu klein.» Allerdings Franzose. «Konnte nicht mit Geld umgehen.» Hatte allerdings ein Vermögen verdient. «Kabarettist.» Als solcher allerdings mit gutem Ruf. Großmutter hat alle Zeitungen aufgehoben. Die Frage ist: War Großvater emanzipiert?

1791 wurde in Frankreich gegen den Widerstand der französischen Geistlichkeit die Judenemanzipation

Gesetz. Großvater war Jude. 1919 erhielten in Deutschland die Frauen das Wahlrecht. Ich bin eine Frau.

Ich habe den Verdacht, daß auch die Emanzipation noch Fragen offen läßt. Großvater war ein emanzipierter Jude und ist doch an Hirnhautentzündung gestorben. Ich bin eine emanzipierte Frau. Aber ich kann mich doch erkälten.

Als François Villon geboren wurde, wurde Jeanne d'Arc verbrannt. Das war 1431. Später wurde sie selig- und noch später heiliggesprochen. Ungefähr im gleichen Jahr, als in Deutschland die Frauen das Wahlrecht erhielten. Gleichzeitig wurde sie zur zweiten Schutzpatronin Frankreichs erklärt.

1961 gehörte der Bundesregierung erstmals eine Frau als Minister für das Gesundheitswesen an. War sie emanzipierter als Jeanne d'Arc?

Gleichviel, ich sollte mich emanzipieren. Ich habe es versucht. Im Herbst 1972 wurde mein erstes Buch veröffentlicht. «Man muß zu seiner Geschichte stehen», sagte er. Das fand ich auch.

III

Ich bin allerdings verkehrt herum zu meiner Geschichte gestanden. Überall, wo ich mich zu klein fand – das war fast überall –, habe ich mich großgeblasen. Es sollte ja emanzipatorisch sein.

Aber es hatte noch anders angefangen. Er sah die vielen Frauen. Ihm gefallen nur emanzipierte Frauen. Auf der Poppelsdorfer Allee hatte er gedacht, ich wäre eine emanzipierte Frau. Weil ich stehengeblieben war, die Sache mit dem Schuh. Das Paradies hatte er auch eine gute Idee gefunden, «eine originelle Idee», sagte er jetzt.

Doch es war einfach nur eine Sehnsucht von mir. Und das ist ja weniger originell. Wer ist nicht lieber fürs Paradies? Eine Zeitlang – die Zeit in dem kleinen Haus – hat er es dann nicht einmal bemerkt, daß das Paradies nur ein Wunsch von mir war. Wir liebten uns ja. Ab und zu war das selbst fast das Paradies. Und mit den Zuckerrüben wurde ich auch fertig. Jedenfalls hatte er keine Vergleiche.

Aber in Köln war ich vergleichbar. Wenn andere Frauen Führerscheine machten allerdings, rettete ich mich: «Ich bin Mutter von einem Kind.» Wenn ich es unbemerkt hätte üben können, wäre mir der Brei eines Tages auch wirklich nicht mehr angebrannt. Aber wir hatten eine Studentenehe, und ich war selten unbemerkt von ihm. Da habe ich mir manchmal gewünscht, er wäre Versicherungsangestellter. Ein Onkel von mir war Versicherungsangestellter. Der ging morgens aus dem Haus und kam erst zehn Stunden später wieder zurück. Und dann war er meistens schon müde. Sagte meine Tante jedenfalls. Sie hatten keine Kinder. Es müssen ruhige Tage für meine Tante gewesen sein.

In zehn Stunden kann man manches üben, sich selbst duschen, sich selbst fönen. In dem kleinen Haus auf dem Gestüt gab es keine Dusche. Und mein Vater nutzte jeden verfügbaren Raum für seine Bibliothek. «Im Mittelalter haben sich nicht einmal die Könige gewaschen», pflegte er zu sagen. Ich weiß nicht, ob das stimmt.

Jedenfalls, die Dusche war neu. Nicht für ihn allerdings; er war ja das Kind eines arrivierten Sozialdemokraten.

Mit einem Wort, wenn er Versicherungsangestellter gewesen wäre, hätte ich manches üben können. Zehn Stunden sind lang. Ich hätte sogar einen Führerschein machen können. Oder leben Anhalterinnen emanzipierter?

Manchmal jedenfalls bin ich mir als Anhalterin mutig vorgekommen, mutiger als die Autofahrer neben mir. Aber vielleicht ist mutig und emanzipiert nicht dasselbe. Wer nicht sehr mutig ist, muß vielleicht emanzipiert sein, und wer nicht emanzipiert ist, sehr mutig.

Ich emanzipierte mich also nicht. Ich konnte ja auch nie etwas beginnen und dann auch noch zu Ende führen. Er hatte das Kind immer schon schneller gewickelt. Im Supermarkt eingekauft.

Da schrieb ich das Buch. Das mußte ich wenigstens selbst beginnen und zu Ende führen. Er konnte ja nicht wissen, was in meinem Kopf stand.

Aber auch das war nicht neu, veränderte mich nicht. Genau so gut hätte ich den Tag über im Eisstadion Schlittschuh laufen können. Oder mir Schleifen ins Haar binden können.

Doch ich litt, wenn ich sah, wie er anderen Frauen

nachsah. Er schien sie nur mit mir vergleichen zu wollen. Er wollte nicht gehen. Es wäre auch nicht gegangen, daß er gegangen wäre. Ohne ihn gab es keinen Grund mehr für mich, in der Welt zu sein. Ich hatte ja seit meiner Geburt niemandem etwas beweisen wollen. Wenn man geboren wird, geht man davon aus, daß das so gewollt worden ist. Und dann braucht man niemand erst etwas zu beweisen.

Seit der Poppelsdorfer Allee oder spätestens seit dem Witthoh oder allerspätestens seit dem Teich wußte ich: Alles wiederholt sich, immer bin ich gewollt. Ich hatte dann auch aus dem Tor hinaus gewollt. Ich hatte gedacht, hinter dem Tor liegt die Welt. Und da bin ich auch gewollt. Ein Kind wollte ich auch. Das wollte ich mit in die Welt nehmen.

Aber die Welt war nicht die Welt. Alle Rocksäume geflickt, Perlonstrümpfe, Dauerwellen, Lackschuhe. Das ging vielleicht noch, denn Jeans ging auch. Auch von Natur krauses oder von Natur gesträhntes Haar. Das fiel nicht einmal auf. Aber dann wurde es schwierig. Es gab Hausfrauen, oder es gab berufstätige Frauen, oder es gab Frauen, die waren beides auf einmal. Das waren die Frauen mit der Doppelrolle.

Fast ein Jahr war ich verzweifelt. Dann hatte ich den Ausweg gefunden. Ich gab Emanzipationskurse an der Volkshochschule in Köln. Seitdem weiß ich, daß man nur die Dinge tun sollte, bei denen man mit den meisten Niederlagen rechnen kann. Nur muß man sie sich nicht anmerken lassen.

Wenn eine Frau Emanzipation unterrichtet, muß sie doch besonders emanzipiert sein. Das war schon ein-

mal ein Vorsprung. Ungefähr so wie oben im Kirschbaum sitzen, besonders am Sonntagmorgen. Die Spaziergänger unten können ja nicht hinauf. Die haben
Sonntagskleider an oder auch einfach ein Beinleiden.
Inzwischen allerdings hat es sich umgekehrt. Ich habe
herausbekommen: Keiner kann. Sieben Jahre habe
ich Emanzipationsgeschichten gehört. Nie ging alles
auf. Alle mußten es erst lernen, im Supermarkt einzu-
kaufen, zum Friseur zu gehen, mit dem Kinderwagen
Straßenbahn zu fahren, eine Ausbildung anzufangen
und dann auch noch zu beenden, mit ihren Männern
zu leben.
In sieben Jahren lernte ich Redseligkeit. Mit ihm habe
ich nicht redselig geredet; wir redeten anders. Als ich
die Redseligkeit kennenlernte, wußte ich etwas über
mich und war nicht mehr bei mir. Bei sich ist man
schweigsam, jedenfalls wenn man nur für sich ist.
Oder tut etwas, wenn man zusammen ist. Wir redeten
außerdem nur so lange zusammen, bis wir wieder etwas zusammen taten. Aber in Emanzipationskursen
kann man ja nichts zusammen tun. Da kann sich nur
jeder für sich emanzipieren.
Trotzdem ist die Sache mit der Emanzipation noch
einmal gut gegangen, glaube ich heute. Auch wenn
ich auf der Bahnfahrt nach Hamburg vier Stunden
lang alle Taschentücher durchnäßt habe. Es ist nicht
so, daß ich keinen Sinn für Liebe unter Frauen habe.
Aber ich sollte ihm und ihr beweisen, daß ich Frauen
lieben kann. Großmutter hatte es freiwillig getan.
Warum sollten sich Frauen nicht freiwillig lieben?
Und sich helfen, etwas zu können, wenn Können hilf-

reich ist. Allerdings, ich weiß immer noch nicht, wie hilfreich Können ist.

Im Zug nach Hamburg, in Hamburg und von Hamburg zurück konnte ich nicht. Ich hatte Sehnsucht nach meinem Mann.

Aber du bist nicht darauf eingegangen. Deshalb habe ich dir nicht geglaubt. Nicht geglaubt, daß du mit mir zwei Tage zusammen sein willst. Zuerst sollte ich essen. Aber ich wollte nicht essen. Dann sollte ich die Alster kennenlernen. Aber ich wollte nicht die Alster kennenlernen. Dann hätte ich vielleicht gerne mit dir geschlafen. Aber ich sollte jetzt nicht mit dir schlafen. Ich sollte mich umziehen, weil du mit mir in das Lokal wolltest. Ich hatte keine Angst. Aber dann wäre ich vielleicht doch lieber an die Alster gegangen. Wir hätten uns ins Gras gesetzt, und du hättest gefragt. Vielleicht hätte ich dir antworten können. Vielleicht hätte ich dir auch meine Empörung sagen können. Denn ich war empört. Wie kam er dazu, mich zu dir zu schicken! Du hättest dich weigern müssen. Vielleicht wären wir Freundinnen geworden. Aber du hast nicht gefragt.

Da bin ich weggelaufen. Das war nach dem Lokal. Es stimmt nicht, daß ihr mich das Fürchten gelehrt hättet. Da war ich gleichgültig, bis auf die Seele gleichgültig. Ich hatte, glaube ich, gar keine Seele mehr.

Ich bin weggelaufen, weil ihr gar nichts mit mir vorhattet. Nicht einmal einen Plan. Was er mit mir vorhatte, wußte ich nicht. Aber er hatte wenigstens etwas mit mir vor. Und bei Gott weiß man auch nie genau, was der mit einem vorhat.

Da wußte ich, ich muß den Bahnhof finden, ich muß den Zug finden, auch wenn ich umsteigen muß. Da habe ich ihm geglaubt, auch wenn ich nichts begriff. Und zu Hause, da war es so, wie es schon einmal gewesen war. Das war der Fall mit dem so gut wie Verlobten. Der war da schon Gemeindepfarrer und hatte uns einen Besuch gemacht, und nachher hatte ich ihn noch ein Stück begleitet. Nur so, weil ich übermütig war. Ich war immerhin schon verheiratet und hatte ein Kind. Und er sicher noch nicht einmal den ersten Beischlaf. Denn solange wir so gut wie verlobt waren, sagte er immer: «Erst in der Hochzeitsnacht.»
Ich habe ihn absichtlich durch die Anlage geführt. Ich habe ihn in eine sehr lächerliche Situation gebracht und mir dann ganz langsam Jasmin abgepflückt. Aber dann bin ich nach Hause gerannt, nicht weil ich Angst vor ihm hatte, sondern einfach so. Weil es ein Triumph ist, zu Hause zu sein. Zu Hause kommt alles wieder in Ordnung.
Ich habe mir meine Handlungsweisen nie ganz erklären können. Ich glaube auch nicht, daß das so wichtig ist. Es muß sie mir auch kein anderer erklären. Ich will nur zu Hause sein dürfen.
In Großmutters Schürze war ich immer zu Hause. Aber Liebe kann auch anders aussehen. Kann blaß werden vor Zorn. Alles ist besser als gar nichts.
Zu Hause also hatte er Zorn. Eine Frau legt sich nicht einfach auf die Wiese, dazu, wenn sie verheiratet ist und ihren Mann liebt. Er war ganz auf der Seite des Gemeindepfarrers. Und gegen mich. Das war wenigstens ein Ausgleich. Denn der Gemeindepfarrer hatte

mir ja nichts getan. Oder konnte nichts dafür. Er hatte nur seine Grundsätze.

Ich habe auch meine Grundsätze. Ich bin eigentlich auch für Beischlaf erst in der Hochzeitsnacht. Aber wenn ein Mann dafür ist, hat das vielleicht einen anderen Grund, als wenn eine Frau dafür ist.

Durch seinen Zorn jedenfalls kam alles wieder in Ordnung. Er ist überhaupt gerechter als ich. Daß alle Dinge zwei Seiten haben, weiß ich erst durch ihn. Auch die Emanzipation hat zwei Seiten: eine geduldige Nachtseite und eine ungeduldige Tagseite. Mit der Nachtseite könnte ich mich vielleicht doch befreunden. Vielleicht hat sie wirklich etwas zu tun mit den kleinen Schritten, in denen der Mensch ein Mensch wird.

IV

Doch ich muß noch bei meinem Zwiespalt bleiben.

Seit Großvater Großmutter verließ, bin ich zerrissen. Aber das hat nichts mit der katholischen Kirche zu tun. Unsere ganze Familiengeschichte ist protestantisch. Auch die jüdischen Familienmitglieder haben sich protestantisch taufen lassen. Nur mein Vater war katholisch. Aber bloß, weil er konvertiert ist.

Ich bin sicher, ich durfte nicht zu Großmutter, weil Großmutters Leben gescheitert war. Aber Großmutters Leben war gar nicht gescheitert. Da liegen die Gründe für meinen Zwiespalt. Großmutter war tatsächlich von ihrem Mann verlassen worden.

Eine Liebe kann sich nicht entwickeln, wenn sie nicht immer sein darf. Mein Vater und meine Mutter haben sich immer geliebt. Mein Schwiegervater und meine Schwiegermutter auch. Mein Mann und ich, wir werden uns auch immer lieben.

In den Fällen, wo sich Mann und Frau immer lieben, scheint auch eine Entschlossenheit da zu sein, sich immer zu lieben.

Jedenfalls hat mein Großvater väterlicherseits meinem Vater, als der klein war, gesagt, daß er und seine Frau sich immer geliebt hätten. Und mein Vater hat es mir weitergesagt, daß er und meine Mutter sich immer geliebt hätten. Und ich habe es unseren Töchtern weitergesagt, daß wir uns immer lieben würden. So gesehen, ist also alles ganz einfach.

Aber da ist Großmutter. Tante Wiesenthal behauptet, Großmutter war schon lesbisch, bevor Großvater Kabarettist wurde. Das hat zwar nicht gestimmt, aber Großvater hat es geglaubt. Und Großmutter war auch sonst unternehmungslustig. Großmutter hatte studiert. Das taten damals noch ganz wenig Frauen. Außerdem Mathematik. Und Grete Altermann, das war ihre Freundin, gefiel ihr, weil sie Pfeife rauchen konnte.

Sie saß im Gras und rauchte Pfeife und hatte den ganzen Schoß voll gepflückter Gänseblümchen, hat Großmutter immer erzählt. Grete hat dann, als sie sah, daß Großmutter so stehen blieb, eine Kette aus Gänseblümchen für Großmutter gemacht. Seit da waren sie Freundinnen. Drei Jahre lang.

Dann lernte Großvater Großmutter kennen. Großmutter hatte damals schon Grübchen. Und konnte schaukeln. Das war in Gretes Garten. Und Großvater hatte einen Schnurrbart, und Großmutter hatte gerade das Examen bestanden. Es verhielt sich so, daß Großvater Großmutter sofort gefiel. «Grete war da nur noch eine kleine rosa Abendwolke», hat Großmutter gesagt. Großmutter wäre jedenfalls am liebsten noch auf der Schaukel von Großvater entjungfert worden. Aber Großvater trug da schon Frack, Zylinder und Uhrkette. Da mußte sie den Traum verschieben. Nicht lange: nur bis zur Hochzeit.

Dann ist Großmutter von Großvater schwanger geworden, und Grete durfte nicht mehr in ihrer Nähe Pfeife rauchen, weil das meiner Mutter geschadet hätte. Vielleicht hätte meine Mutter auch einfach in Großmutters Bauch niesen müssen.

Jedenfalls, als das Jahr um war und Großmutter das Kind, das war meine Mutter, geboren hatte, stand Großvater abends schon auf einer kleinen Bühne:

«Von seinen Lieben ward schon je François Villon mit Schimpf und Schmach davongetrieben, so daß von hier bis Roussillon kein Bäumchen, keine Hecke steht, die ihn mit scharfem Dorn nicht schneidet.»

Mit François Villon wäre ich mitgegangen, wenn er mich mitgenommen hätte. Mit Großvater nicht.

Großvater hatte nur ein Eheproblem. Er hat einfach Großmutters Unternehmungslust nicht verwunden.

Wie kann sie auf der Schaukel sitzen, wenn sie Mathematik im Kopf hat? Wie kann sie eine Freundin haben, die Pfeife raucht und Gänseblümchen pflückt?

Großvater war dumm. Ich bin sicher, Großmutter war

gar nicht emanzipiert; Großmutter war Großvater hingegeben. Und Großvater war zu dumm, das zu begreifen. Er nahm seinen Hut und zog sich die Syphilis zu. Großmutter hat bis zu ihrem Tod schwarze Kleider um ihn getragen. Sie wäre sogar, hat sie selbst gesagt, wenn er nicht schon vorher auf dem Schoß einer anderen Frau gestorben wäre, mit ihm zusammen gestorben. Aber Großvater wollte ja nicht hören. Und sich lieber öffentlich blamieren, statt eine glückliche Ehe zu führen.

Großmutter trug um den Hals ein kleines Medaillon. Das konnte man aufklappen. Und dann sah man zwei winzige Bilder. Rechts eins, links eins. Großvater mit Hut, Großvater ohne Hut.

Was weißt du von Frauen, Großvater? Du bist es selber schuld. Es ist dumm, seiner eigenen Frau nicht zu glauben und mit fremden Frauen geschlechtskrank zu werden. Du hättest noch so viele nützliche Dinge tun können. So hast du nur ein kleines Mädchen gezeugt, meine Mutter. Sie hat sich auch gewundert, daß du so schnell weg warst. Drei Tage lang hatte sie einen Ausschlag, von Kopf bis Fuß. Essen konnte sie nicht. Dann ist der Spitz gefunden worden. Auf deinem Grab. Da hat meine Mutter ihre Mutter gehaßt. Weil sie sie belogen hatte. Du warst nicht nur verreist. Du warst tot. Mit sieben Jahren kann man keine Lügen ertragen. Meine Mutter hat geglaubt, Großmutter hätte dich selbst in die Erde vergraben, damit du nichts mehr sagen kannst, wenn Großmutters Freundin sie besuchen käme. Meine Mutter hat gedacht, alles ist die lesbische Liebe schuld.

Wenn ich zu Großmutter ging, später, habe ich es nie genau gewußt. Nein, Großvater, ich habe nie geglaubt, daß sie dich begraben hat. Ich will dir nur sagen, daß deine kleine Tochter, also meine Mutter, es geglaubt hat. Sie war immer auf deiner Seite. Und ich, siehst du ja, das kommt davon, war immer dazwischen. Habe versucht, zu allen zu halten: zu Vater, der dich verurteilt hat, zu Großmutter, für die du vielleicht doch nicht alles warst, zu meiner Mutter, die dich verteidigt hat, zu dir, weil du so dumm warst.

So kennst du nicht einmal deine Enkelin. Und wir sehen uns ein bißchen ähnlich. Außerdem kenne ich Großmutter besser als du. Sie hat nie daran gedacht, sich zu emanzipieren. Sie war nur einfach Großmutter. Und schon das war zuviel. Deshalb habe ich auch gleich, als ich ihn kannte, Turmlied Nummer zwei gesungen. Ich wollte nicht mehr ich sein. Fast zwei Jahre lang, in dem kleinen Haus, brauchte ich nicht ich zu sein. Da war ich seine Frau, sah nur ihn, hörte nur ihn, wollte mit ihm Kinder, wollte mit ihm ins Paradies.

Aber er wollte in die Stadt. Es war ja nicht unser kleines Haus. Wir waren da nur Diener. Es war auch einfach zu klein, um darin Kinder zu bekommen. Das sah ich ein.

In der Stadt entdeckte er mich. So klein und einzeln, wie Menschen in Städten eben werden. Auf dem Land weiß man nie genau, wo Menschen anfangen und aufhören. Zwischen den Feldern und dem Himmel kann man sie kaum unterscheiden. Aber in der Stadt. Da haben alle Menschen einzelne Gesichter. Einzelne, übermüdete weiße Gesichter. Ich hatte schnell auch so eins.

Er wollte nicht mehr, daß ich nur ihn sah. Er wollte wissen, was ich aus mir selbst war. Da mußte ich in mein Gesicht. Nach vorne, einfach so, in die Emanzipation, wie er sich das dachte, konnte ich nicht. Da mußte ich zurück.

Bevor ich ihn kannte, kannte ich nur mich. Oder vielleicht nicht mich, aber die Welt, wie ich sie sah. Sonst wäre ich ja auch nicht ins Polizeipräsidium gegangen. Und meinen Schulen davongelaufen. Und hätte die Erdbeerbowle nicht gefunden.

Als ich in Köln mein erstes Buch schrieb, war das ungefähr so wie mit Großmutter, als sie schwanger war und du immer öfter abends alleine ausgingst. Da mußte Großmutter auch zurück. Und an sich wieder anknüpfen, wie ich an mich wieder anknüpfen mußte, oder an die Welt, wie ich sie kannte, bevor ich ihn kannte.

Das war sehr schwierig. Denn in der Welt war ich nicht sehr zu Hause. Jedenfalls in den Schulen nicht. In der Innenstadt nicht. Erst auf den Dämmen bißchen weiter draußen fiel Atmen leicht. Dann stand er auf der Allee, hatte nichts weiter vor. Hattest du etwas vor, als du vor Großmutters Schaukel standest?

Großmutter hat dich begehrt. Ich habe ihn auch begehrt. Vorher war ich vereist. Nichts ging mehr. Mit ihm war alles möglich. Er hatte nichts vor. Wir hatten zusammen nichts vor. Wir gingen, einfach so. Daß es so viele Täler gibt und Hügel, darüber Wolken!

Aber er hat mich verraten. So wie du Großmutter verraten hast. Alle Männer verraten ihre Frauen.

Als er an mich gewöhnt war, als er sich mich sogar wünschte, hat er auch schon gefragt: «Wovon leben wir?»

Ich wollte ein kleines Gärtchen. Kürbis, Petersilie, Tomaten. Ein Schaf, für Milch und Käse. Vielleicht auch Hühner und einen Hahn.

Als wir in Gedanken die Wasserschlösser besetzten, die niemand mehr bewohnte, war er mein Freund. Auch später, in dem kleinen Haus, das nicht uns gehörte, war er mein Freund. Von morgens bis abends. Küßte mich. Zog mich an. Zog mich aus. Ich mußte nie mehr alleine gehen. Auf den Dämmen fing er den Wind ab. Auf den Plätzen, wenn Vögel aufflogen, hauptsächlich Tauben, wollte ich nicht mehr mitfliegen. Im Gehen war ich geschützt.

Früher nicht. Bevor ich ihn kannte, nicht. Seit Großmutters Schürze nicht.

Nur mit Großmutter war Gehen so. Wir hatten auch nicht viel vor. Nur Radieschen, Schnittlauch, Petunien. Und ganz selten Osterglocken. Aber wir sahen immer ganz wichtig aus.

Jedenfalls, als er kam, war alles wie immer – oder wie es schon einmal gewesen war. Luft ganz leicht. Er kennt meinen Körper besser als ich. Ich will ihn gar nicht kennen. Dann müßte ich die Arme um mich selbst legen. Das habe ich nie gemacht. Früher nicht. Da gab es Großmutter. Dann gab es nur mich. Ich hatte die Herde und wollte die Welt verbessern. Aber nur manchmal. Wenn ich mir reich vorkam. Also meistens nicht. Dann wollte ich wenigstens Theologie studieren. Und dann fand ich ihn.

Ich hatte gerade das Graecum bestanden. Auch Großmutter hatte gerade ein Examen bestanden, als sie von der Schaukel weg ... mit zugebundenen Augen ... Der Moment, wo Grete nur noch die kleine rosa Abendwolke war. Ich mußte mich nicht einmal von etwas trennen. Großmutter hatte vielleicht etwas aufzugeben. Eine Freundin und einen Beruf, für den sie schon das Examen bestanden hatte.

Großmutter war mehr in der Welt zu Hause. Aber da gab es den zweiten Weltkrieg noch nicht. Nicht einmal den ersten. Großmutter wollte also auch keinen Gefährten, mit dem sie alles anders machen konnte. Nicht einmal anders leben.

Sie hat es verstanden, daß du die Brücke im Kongo bauen wolltest. Auch wenn du danach lange krank warst. Und überhaupt, von Anfang an, nie sehr viel Zeit für sie hattest.

Es ist ja alles Unsinn, was Vater über dich gesagt hat. Du hast gar nicht in den Tag hinein gelebt. Ich hätte also ruhig zu Großmutter gehen können dürfen. Auch ihr ward eine ordentliche Familie. Wenn du noch gelebt hättest, hätte ich dir und Großmutter ebensogut eine Hand geben können, wie andere Kinder ihren Großeltern die Hand geben und zwischen ihnen spazierengehen.

Alle Männer sind ernst. Haben Geschäftssorgen. Kalkulieren. Auch du hast kalkuliert.

Außerdem warst du dumm: Großmutter und ihre Freundin haben sich immer nur geküßt. Sie ist erst lesbisch geworden, als sie es nicht mehr ändern konnte. Jedenfalls, du warst da schon tot.

Ich werde es dir erzählen, wie Großmutter es mir erzählt hat. Als Großmutter ihr kleines Mädchen geboren hatte, meine Mutter, hast du sie nicht einmal mehr angesehen. Es war ganz umsonst, daß sie Abend für Abend ihr Nachthemd anzog und daß es ihr gut stand. Dein kleines Mädchen hast du auf den Arm genommen. Aber auch Frauen wollen von ihren Männern in den Arm genommen werden.

Da hat Großmutter sich geschämt. Drei Jahre lang. Zum Schluß hat sie überhaupt nicht mehr in den Spiegel gesehen. Wenn ihr Gesicht noch immer die Grübchen gehabt hätte, hätte sie ja gar keinen Freund mehr gehabt. Aber einmal, im Mai, als selbst die Bäume blühten, wollte Großmutter ausgehen. Und wenn man im Mai ausgeht, muß man vorher ganz schnell einen Blick in den Spiegel werfen. Da sah sich Großmutter also im Spiegel.

In einem fußlangen Kleid stand sie da. Mit Ausschnitt, wie sich das für den Mai gehört. Und einen Hut hatte sie auf.

Aber es wurde nichts mit dem Spaziergang. Sie setzte sich lieber auf einen Stuhl.

Wenn eine Frau noch keine dreißig ist und immer noch Grübchen hat, kann sie nicht allein im Mai spazierengehen. Jedenfalls, Großmutter traute sich nicht. Es konnte ja sein, natürlich nicht auf der Schaukel, aber vielleicht auf einer Bank, daß es sich wiederholte. Frack, Zylinder, Uhrkette. Und wieder würde Großmutter vielleicht nichts sehnlicher wünschen, als auf der Stelle in deinem Arm zu liegen. Und dann wärest du es gar nicht gewesen, sondern ein fremder Mann. Und Großmutter wäre untreu, und das wäre vielleicht nicht einmal das Schlimmste.

Wenn Frauen nachts lange Zeit immer allein in ihrem Ehebett liegen, haben sie Zeit genug, um zu merken, daß sie etwas vermissen. Großmutter wußte sofort, als sie in den Spiegel sah, daß sie so nicht am hellichten Tag auf der Straße spazierengehen konnte. Sie vermißte zu deutlich.

Doch etwas hat Großmutter getan, das sie vielleicht nicht hätte tun dürfen. Sie schob den Stuhl vor den Spiegel und setzte sich noch einmal ausdrücklich auf den Stuhl vor dem Spiegel und betrachtete sich. Da gefiel sie sich. Zum Schluß gefiel ihr sogar, daß sie noch immer ihre Grübchen hatte. Das war übermütig. Aber Großmutter konnte nicht mehr gegen ihren Übermut an. Und wie sie so in den Spiegel sah, verwechselte sie sich. Sie war wieder sechzehn, sie war wieder vierzehn, sie wußte die meisten Dinge, und was sie nicht wußte, das kümmerte sie nicht. Sie schrieb in ihr Tagebuch und hörte das Wasser vor Ostende. Da war sie geboren.

Sie saß den ganzen Nachmittag auf dem Stuhl vor dem Spiegel. Erst als es Abend wurde, fiel ihr die Schaukel ein. Frack, Zylinder, Uhrkette. Da wurde Großmutter sehr blaß. Jedenfalls sah sie das so im Spiegel. Und stand auf und ging noch am selben Abend zu Grete.

Die wohnte in einer anderen Straße. Und lag auf dem Bett und rauchte. Und ließ Großmutter auch mal einen Zug aus der Pfeife rauchen. Und Großmutter gefiel das auch. Dann haben sie sich geküßt. Beim Weggehen vereinbarte Großmutter mit ihrer Freundin, daß sie morgen nachmittag zusammen auf der Straße spazieren wollten.

Und noch im Juni und im Juli gingen sie so zusammen spazieren. Und manchmal fuhr meine Mutter dabei im Kinderwagen mit.

Meine Mutter war dann später sehr gegen die lesbische Liebe. Schon als ich drei war und nicht zu Großmutter durfte, fiel das Wort. Das war noch schlimmer als Hurenleben. Und schon Hurenleben war schlimm. Vater fand Hurenleben sogar noch ein bißchen schlimmer. Mutter fand lesbische Liebe schlimmer. Also wollte ich beide kennenlernen.

Aber nur so lange, bis Großmutter mit mir gesprochen hat. Früher hat sie mir nie geantwortet. «Kannst du sterben, Großmutter?» «Was ist ein Hurenleben, Großmutter?»

Jedenfalls, sie schien sich nie ganz sicher zu sein. Erst an dem Abend von dem Tag, an dem ich konfirmiert worden bin, hat sie gesagt, daß sie nicht weiß, wie sie es mir erklären soll. Sie hätte nur zwei Männer kennengelernt. Onkel Mohn und dich. Onkel Mohn, der wohnte ja bei Tante Wiesenthal. Und du, du wärst ihr Mann gewesen. Und ob du dich wohl an den Unterrock erinnerst, in dem sie dich so fürchtete, nein, nicht eigentlich dich, aber ob er dir gefiele.

Da wußte ich, ein Hurenleben ist, wenn man nur einen Mann fürchtet und hofft, daß man ihm gefällt.

Und daß man es klug anfangen muß, um jeden Irrweg zu vermeiden.

Zwei Jahre lang hätte ich fast gesiegt gehabt. Dann wußte ich, ich würde ihn verlieren, wenn ich mich nicht emanzipierte. Wie Großmutter dich verloren hat. Aber du wolltest ja keine emanzipierte Frau.

Später, aber das war viel später, und Großmutter lag schon in ihrem Grab, da hätte ich sie gerne etwas gefragt.

Als ich an mich wieder anknüpfen mußte, als das Glück gebannt war, hinter das Tor in den Teich hinein, als wir Revolutionsliteratur lasen, als ich im Supermarkt versagte, als der Orientteppich nicht half, als ich nicht bei den spastischen Kindern bleiben durfte, als ich mich mit meinem eigenen Kind fürchtete, als ich Emanzipation unterrichtete, als ich mich nach meinem Mann sehnte, als ich beweisen sollte, daß ich selbständig leben kann, als ich mein erstes Buch geschrieben hatte, als ich mein zweites Buch geschrieben hatte, als es Frühling war und die Fehlgeburt überstanden, weil das Tonbandgerät zu schwer gewesen war – da machte ich Interviews für eine Redaktion –, im Frühjahr jedenfalls, 1973, wäre ich gerne an Großmutters Grab gegangen, um sie noch etwas zu fragen:

«Das mit den Grübchen und Fältchen, Großmutter, das hast du mir nie erklärt. Auch wenn es eine Schande ist, wie Vater immer gesagt hat. War es leichter für dich, Großmutter? Auf der Schaukel, hast du doch selbst gesagt, warst du auch von ihm beeindruckt. ,Hingegeben', Großmutter, hast du gesagt.

Aber als ich dich dann kennenlernte, sahst du ganz rund und rosig aus, und wichtig, selbständig wichtig, bis ins Schlüsselbund. Du hast dich nie mit mir an der Hand gefürchtet, auch wenn es zu verbotenem Markttag ging. Warum will er, daß ich mich emanzipiere? Oder warst du vielleicht doch emanzipiert?»

V

Großmutter hat mir nicht geantwortet. Das konnte sie ja nicht mehr. Aber auch wenn Großmutter Großvater ganz hingegeben war, hat sie doch nach Großvaters Tod noch fünfzig Jahre weitergelebt. Und das mit ihrer Freundin. Sie schliefen in einem Bett. Und wachten morgens darin auf. Ich habe das auch versucht. Ich kann es nicht. Warum?

Ich weiß es immer noch nicht. Mein drittes Buch war ein Buch über die lesbische Liebe. Aber es ist erst nach dem vierten Buch veröffentlicht worden. Dann habe ich die Schlaftabletten genommen. Ich erzähle das noch. Aber zuerst will ich erzählen, wie es anfing.

Es fing damit an, daß es schneite. Auf den gleichen Stadtpark schneite, auf den es auch später schneite, als ich mit meinem Mann durch ihn spazierenging. Wo er dann dem Schneefall zusah und mich nicht ansah.

Als ich zwölf war, hatte ich eine Liebe. Ich liebte Maria. Die mit dem Jesuskind. Ich hatte ein Samtkleid angezogen. Das sollte ich erst zu Weihnachten anziehen. Aber der Schnee fiel am einundzwanzigsten Dezember. Da holte ich das Kleid aus dem Schrank. Heimlich. Ich wollte schön für Maria sein.

Im Stadtpark saß ich zuerst auf einer Bank. Ich dachte, ich will mich nicht verstecken. Ich will hier öffentlich sitzen. Dann sieht Maria, daß ich mich nicht fürchte.

Ich saß auch eine ganze Weile. Dann war das Kleid ganz naß. Nasser Samt sieht nicht mehr so schön aus. Ich schämte mich schon ein bißchen, weil das Kleid naß war und Maria nicht kam.

Dann bin ich aufgestanden und einen öffentlichen Weg auf und ab gegangen. Bis ich wußte: So kommt Maria nicht. Sie mag öffentliche Bänke und Parkwege nicht.

Da bin ich auch ein paar Schritte weit vom Weg ab zwischen die Tannen, mitten in den Schnee gegangen. Und habe mich auf den Schnee gelegt und gewartet. Das war am Nachmittag. Gegen vier. Im Dezember wird es da bald dunkel.

Im Sommer hatte ich mir die Schafherden erfunden. Aber im Winter wächst ja kein Gras. Vielleicht hatte ich mir nur deshalb Maria erfunden, vielleicht auch aus einem anderen Grund.

Im Herbst war zum erstenmal das Blut gekommen. Großmutter hatte Mitleid gehabt und mir ein Schaumomelett gemacht mit Johannisbeermarmelade. Aber meine Mutter nicht. Kein Mitleid. Fast ein Vorwurf. Eine Woche lang. Dann hat sie gesagt: «Das größte Glück im Leben einer Frau ist die Hochzeitsnacht.»

Mehr hat sie nicht gesagt. Und Großmutter, die ich dann fragte, hat ihr nicht direkt widersprochen. Tante Wiesenthal hat gesagt, sie vermute auch, daß es so sei. Nur Grete hat es direkt bestritten. Großmutter hat dann gesagt: «Grete, das weißt du nicht.» Und Grete wußte es ja wirklich nicht. Aber sie behauptete, die schönsten Nächte mit Großmutter zu haben, und das seit fünfzig Jahren.

Da lächelte Großmutter, wie Großmutter eben lächelte, und sagte: «Es ist ja gut.»

Grete war da ganz klein und mager wie eine Katze, die sich verlaufen hat. Und Großmutter rosig und rund.

Als das Blut nach einem Monat wiederkam, fürchtete ich mich. Es würde bis zur Hochzeitsnacht immer wiederkommen, sagte meine Mutter. «Und dann?» fragte ich. «Dann auch, bis du schwanger bist.»

Da wußte ich, es war nicht zu ändern, nicht, bis ich schwanger würde, nicht.

Als es einmal sehr windig war, so um den November, und sich mein Kleid bauschte, fiel mir etwas ein. Aber ich konnte mich nicht genau erinnern, was. Ich fühlte nur, daß etwas ganz sanft war. Etwas, das ich schon kannte. Auch wenn ich mich jetzt nicht genau erinnerte.

Wen sollte ich fragen? Meine Mutter nicht. Da wurde selbst die Hochzeitsnacht zu Eis. Jedenfalls zu etwas, das unerbittlich war. Das größte Glück.

Großmutter auch nicht. Komischerweise nicht. Ich glaubte jedenfalls nicht, daß Großmutter es wüßte.

Aber ich wollte eine unbedingte Antwort. Keine unerbittliche, sondern eine unbedingte Antwort.
Da fiel mir Maria ein. Sie trug ein kleines Kind. Erst unter dem Kleid. Später durch die Welt. Von einer Hochzeitsnacht hatte ich nie etwas gehört.
«Hattest du keine Hochzeitsnacht, Maria?»
Großmutter konnte ich nicht fragen. Großmutters Kind, meine Mutter, war nie von Großmutter durch die Welt getragen worden und sprach unerbittlich vom Glück. Wenn ich das Glück nun nicht fühlte, jedenfalls nicht in der Hochzeitsnacht. Meine Schafe hatte ich auch nicht. Ich kam mir glücklos vor.
Aber am einundzwanzigsten Dezember fiel Schnee. Da zog ich das Kleid aus dem Schrank. Und erwartete etwas. Schön sah ich aus. Maria konnte ich gefallen. Und dann würde sie mir alles erzählen.
Auf dem Schnee lag ich lange. Maria kam nicht. Ganz dunkel war es noch nicht. Außerdem hörte ich die Enten. Der Stadtpark hat Teiche.
Ich wünschte mir Maria wie eine Freundin. Aber anders als Ilse. Ilse sollte nicht kommen. Ilse sah mich immer an.
Vielleicht wünschte ich mir Maria, um mich hinzugeben, so wie man sich dem Wind hingibt. Ich war doch von zu Hause weggegangen mit dem schönen Kleid, um mich hinzugeben. Dem Wind. Oder Maria.
Wind war keiner. Und der Schnee war ganz naß.
Als es deutlich dunkelte, kam das Gefühl zurück, das ich schon kannte, das ganz sanft war. Ich wartete nicht mehr. Maria brauchte nicht zu kommen. Ich hatte sie

nichts zu fragen. Sie mußte mir nichts anworten. Ich wußte es schon.

Vielleicht hat Maria eine Hochzeitsnacht gehabt. Vielleicht auch nicht. Das war nicht so wichtig. Wichtig war das kleine Kind. Wenn es fröre.

Da hatte ich noch kein totes Kind gesehen. Da ging ich noch nicht zum Haareschneiden zum Friseur. Illustrierte Zeitungen sah ich nicht an. Alles, was laut war oder bunt oder nackt, sprach die Unwahrheit.

Aber so ist das nicht. Und Dachau und Buchenwald, Mauthausen, Bergen-Belsen, Theresienstadt, Auschwitz, Treblinka, Maidanek, die waren ganz nah.

Großmutter wußte davon. Auch Tante Wiesenthal.

Aus bunten Stoffetzen kann man Puppen machen. Kinder können sie sich auf den Bauch drücken. Dann ist der Bauch nicht mehr nackt. Puppen helfen auch gegen lautes Weinen. Auch wenn es nichts nützt. Doch, alles nützt, solang es nützt.

Wo ist Marias Kind? Im Park habe ich es gesucht. Auch vor dem Teich. Flügelschlagende Enten. Aber das konnte ich nicht mehr sehen. Ich hörte es nur. Sie flatterten mit den Flügeln.

Heute ist es manchmal auch noch so. Dann versuche ich nachts durch eine Stadt zu gehen. Phnom Penh.

Aber in Phnom Penh lebt ja nichts mehr. Nichts, das atmet, wartet, mit den Flügeln schlägt. Funktionäre atmen nicht. Ich habe Angst. Oft habe ich Angst. Wie sagt man das?

Wenn die Funktionäre durch Phnom Penh gehen, sind die Häuser leer, sind die Kinder tot.

«Träum, Kindlein, träum, im Garten stehn zwei

Bäum', der eine, der trägt Rosen, der andere Apriko-
sen, da kommt der König Abendlust und steckt seiner
Königin eine Rose an die Brust.»

Ein Kind in der Wiege. Viele Kinder tot. Ein Kind
hat einen Namen. Viele Kinder haben keinen Namen. «Gott der Herr rief sie mit Namen, daß sie all'
ins Leben kamen.»

Dann wünsche ich mir eine Stadt, eine Stadt so groß
wie die Welt. Zinnen, Türme, Mondsichel. Und darüber Maria. Damit die Funktionäre nicht durch die
Stadt gehen, damit die Kinder einen Namen haben
und ihn nicht in ein Massengrab stecken müssen.

Als ich aus dem Park kam, passierten die Mißverständnisse. Meine Mutter hatte gleich gemerkt, daß
ich das Samtkleid entwendet hatte. Sie war ganz ruhig. «Du kannst ja nicht warten», sagte sie.

Mein Vater suchte mich. Also alles wie immer. Er
hatte sich dann sogar überwunden, Großmutter zu
fragen.

Als er weggegangen war, ging auch Großmutter aus
dem Haus, auch Tante Wiesenthal und Onkel Mohn.
Aber jeder in eine andere Richtung.

Um elf Uhr war ich noch nicht zu Hause gewesen.
Mein Vater hatte keinen Mut, oben zu fragen. Großmutter auch nicht. Nur Tante Wiesenthal war noch
oben gewesen.

Um Mitternacht hatte sich mein Vater mit Großmutter versöhnt. Er hat es zwar nicht laut gesagt, aber ich
habe es ihren Gesichtern angesehen, als sie herein-
kamen. Auch Onkel Mohn kam und Tante Wiesenthal. Und ich hatte noch immer das zerstörte Samt-

kleid an. Ich saß auf meinem Stuhl. Und wollte nicht sprechen.

Meine Mutter erklärte es ihnen. Daß ich immer auf der Stelle alles haben müsse. Weil ich nicht warten könnte. Sie hätte mit mir über das größte Glück der Frau gesprochen. Also die Hochzeitsnacht. Um mich darauf vorzubereiten. Sie hätte zu sagen vergessen, daß ich ja noch Zeit hätte. Das wäre das letzte Mal. Nur Mißverständnisse. Dann verließ sie das Zimmer.

Onkel Mohn sah ganz unsicher aus, Tante Wiesenthal schuldbewußt. Mein Vater blaß. Aber das war er ja immer. Nur Großmutter setzte sich zur Wehr: «Da hat sie es, ich habe es ihr ja gesagt, daß es nicht das größte Glück ist. Das wäre dem Kind mit keiner Frau passiert. Wenn das Grete wüßte.»

Mein Vater war dann auch für die Liebe unter Frauen, wenn auch nachdenklich. Und Onkel Mohn war sogar unbedingt dafür. Und Tante Wiesenthal freute sich, daß sie in einer Frauenwohngemeinschaft wohnte. Denn Onkel Mohn konnte man doch nicht zählen. Das fand Onkel Mohn auch.

Natürlich habe ich da nicht gewußt, daß sie alle stillschweigend von meiner Vergewaltigung ausgegangen waren.

In dieser Nacht haben Großmutter und Onkel Mohn und Tante Wiesenthal zum ersten Mal in unserem Haus übernachtet. Am nächsten Morgen kam Grete. Und meine Mutter weigerte sich, sie auch ins Haus zu lassen, bis mein Vater ihr ein für allemal erklärte, daß Großmutter und ihre Freundin gern gesehene Gäste bei uns wären.

So war das also. Bis wieder Ordnung einkehrte und meine Mutter klarstellte, daß ich nicht vergewaltigt worden wäre. Und daß das größte Glück mir nach wie vor offenstünde.

Mein Vater sagte von da an trotzdem kein Wort mehr gegen die Liebe unter Frauen. Und grüßte meine Großmutter, wenn er sie auf der Straße traf. Und Großmutter grüßte ihn.

Aber Großmutter hatte ja auch nie laut behauptet, daß die lesbische Liebe alles ist. Auch wenn sie nur sieben Jahre mit einem Mann und die restlichen fünfzig Jahre mit einer Frau zusammengelebt hatte. Großmutter bestritt nur, daß man wissen kann, was das größte Glück ist. Jedenfalls hat sie Grete nicht direkt widersprochen. Und sie hat meiner Mutter geradezu bestritten, daß die Hochzeitsnacht das größte Glück ist. Großmutter war vielleicht doch emanzipiert. Jedenfalls auch nach Großvaters Tod eine selbständige Persönlichkeit. Der Mittelpunkt einer Wohngemeinschaft. Meine Großmutter. Gretes Lebensgefährtin. Und Pfeife hat sie ab und zu auch geraucht. Allerdings dann immer schnell das Gesicht verzogen.

Aber ich bin nicht wie Großmutter geworden, auch wenn ich es versucht habe. Wenn alles nicht noch einmal gut gegangen wäre, hätte ich doch versagt. Es ist nicht mein Verdienst, daß es anders gekommen ist. Aber manchmal passieren ja Wunder.

VI

Am Anfang hat er ja fast so gedacht wie ich: daß Mann und Frau füreinander erschaffen sind. Und wenn sie sich lieben, wollen sie auch zusammen sein.

Wenn wir nackt nebeneinander auf dem Bett lagen, haben wir uns vorgestellt, wie unsere Kinder über uns krabbeln würden, wenn wir welche hätten. Dann wären wir ihre Wiese. So wie früher die wirkliche grüne Wiese unsere Wiese gewesen war. Danach war er meine Wiese. Er lag unter mir. Mir gehörten seine Haare, Arme, Beine, Bauch. Jedenfalls konnte ich stundenlang darauf liegen. Er bewegte sich nicht.

Im Winter und auch noch im Frühling war seine Haut weiß. Später im Jahr golden. Lange Wimpern hat er. Immer Zeit. Nur manchmal wird er zornig. Dann ist es doch schon dunkel geworden. Und ich bin es schuld. Wo ist mein Zeitbegriff? Ich weiß es nicht. Er wußte es bis eben ja auch nicht, war ganz zufrieden. Himbeeren in den Mund. «Du hast sie alle aufgegessen.» Er weiß es nicht mehr. Er will es nicht wissen. «Wieder ein Tag vertan.»

Aber das ist ganz selten. Wie Gewitter. Wenn ich noch einmal auf die Welt käme, würde ich alles wiederholen wollen. Aber alles wiederholt sich ja immerzu.

Wenn wir uns heute auf der Straße treffen, sind wir uns so fremd wie immer. Er fragt immer erst. Es gibt ja Männer, die fragen nicht. Er fragt sozusagen, ob alles noch wie immer ist. Er setzt es nicht voraus. Deshalb ist alles wie immer.

Daß ich die Schlaftabletten genommen habe, hatte nichts mit uns zu tun. Auch da saßen wir zusammen auf einer Bank. In Rodenkirchen. Das erzähle ich noch. Trotzdem war er es schuld. Er wollte etwas aus mir machen, was ich nicht werden kann. Eine Frau mit einem eigenen Monatsgehalt. Vor den Autogeschäften hat er sich überlegt, welchen Wagen ich fahren soll. Aber ich will keinen Wagen fahren. Ich will auch kein eigenes Monatsgehalt. Wozu sind wir dann zusammen?

In Köln, das erste Jahr, das war fast so wie in dem kleinen Haus. Wieder nur ein Raum, und ganz oben. Da sah man nur noch den Himmel und die Schornsteine vom Dach gegenüber. Außerdem war ich schwanger. Seit März war ich schwanger.

Unsere Hochzeitsnacht war in Xanten. Aber sie war nicht das größte Glück. Das größte Glück war davor und danach. In der Hochzeitsnacht war er fremd. Doch vielleicht hatte ich in dem Zimmer nur zu lange allein vor dem Spiegel gesessen. Bis er kam. Großmutter hatte ja auch einmal zu lange allein vor dem Spiegel gesessen. Er ist dann allerdings gekommen. Großvater kam nicht. Am Morgen waren wir getraut worden. Als er hinter mir stand, sah er im Spiegel groß aus. Ich eher klein. Er mehr so, als wären wir jetzt einen wichtigen Schritt weiter. Ich, als hätten wir den Weg verloren.

Dann lagen wir im Bett und sollten uns offiziell

verbinden. Am Schrank hing sein schwarzer Anzug. Aber ich hatte kein weißes Kleid.

Ein weißes Kleid hatte ich in allen Träumen auf den Feldern rund um das kleine Haus angehabt. In Abständen bauschte es sich. Dann war ich schwanger. Mitten im Korn war ich fünfmal schwanger. Aber in Wirklichkeit nicht. Er wollte es nicht.

In der Nacht in Xanten durfte ich schwanger werden. Aber da bin ich es nicht geworden. Beschlossen war, daß sein Glied bis ganz zum Schluß in mir blieb. Sonst kamen die Samen immer auf meinen Bauch. Aber jetzt war er ja mein Mann. Da durften Kinder kommen. Es war sehr feierlich, so feierlich, daß ich überhaupt keine Kinder mehr bekommen wollte. Nicht ausgerechnet in der Hochzeitsnacht. Das verstand er nicht.

Immer, wenn er sich etwas vorgenommen hat, versteht er nichts. Wenn er sich schon auf der Poppelsdorfer Allee etwas vorgenommen hätte, wäre ich überhaupt nicht stehen geblieben. Doch da hatte er nichts vor. Also konnten wir meinen Schuh suchen. Auf dem Witthoh hatten wir beide etwas vor. Das konnte man nicht auseinander trennen. Außerdem schien die Sonne. Jedenfalls durch die Bäume. Im Schnee hatte nur ich etwas vor. Aber das ist mir nicht geglückt, weil er lieber sehen wollte, wie der Schnee fällt. Außerdem hatte ich da nur gewollt, daß er mich ansah.

Jetzt wollte er uns offiziell verbinden. «Sonst ist es ja keine Hochzeitsnacht.»

Auf meinem Bauch wurden seine Samen immer kühl, jedenfalls, wenn er nicht mehr auf mir lag. Ich wünschte sie mir warm verschlossen in meinen Schoß. Aber er hatte es nie zugelassen. Jetzt sollte es so sein. Da wollte ich nicht. Überhaupt nicht. Er sollte für sich einschlafen. Und ich für mich. Er schlief auch ein. Aber seine Wimpern waren ganz naß. Da war er nicht mehr fremd. Doch jetzt konnte ich ihn nicht mehr wecken.

Am nächsten Morgen sind wir weitergefahren. Nach Bergen. Das liegt in Holland. In Bergen waren wir sehr geschützt. Abends Pernod. Dann Schlaf. Die ganze Nacht. Man kann auch ineinander verschlungen schlafen.

Eine Aussteuer hatte ich nicht. Ich hatte zweitausend Mark. Die gaben wir aus. Am liebsten hätten wir Sterne dafür gekauft. Aber der Himmel war ganz voll davon. Es war ein klarer Winter.

Bis der Januar zu Ende war, sind wir in Bergen geblieben. Dann Gent. Dann Ostende. Dann immer am Meer entlang bis Le Havre. Dann durch die Normandie. Bis Nantes.

In Nantes gab es einmal ein Edikt. Das war zugunsten der Hugenotten erlassen worden. Die Mutter meines Vaters war Hugenottin. Sie ist mit ihrer Familie nach Deutschland geflohen. Hugenotten sind französische Protestanten. Aber das Edikt von Nantes ist bald wieder aufgehoben worden.

Mein Vater ist in Straßburg geboren. Da hat seine Mutter Wäsche gewaschen. Sie hatte viele Kinder. Aber sie sind dann alle gestorben, bis auf meinen

Vater. Der Vater meines Vaters trank. Das taten alle in seiner Familie. Die kamen aus Wessobrunn.

Mein Vater hat mich einmal nach Wessobrunn mitgenommen. Im neunten Jahrhundert ist das Wessobrunner Gebet entstanden. Das endet mit einer Bitte um den rechten Glauben, und darum ging es mir ja auch immer.

Meine Großeltern väterlicherseits habe ich nicht mehr kennengelernt. Sie sind in Erlangen gestorben. Mein Großvater zuerst. In der psychiatrischen Landesklinik. Dann meine Großmutter.

Seit dem Ende des siebzehnten Jahrhunderts war Erlangen eine Hugenottenstadt, jedenfalls die Neustadt. Die Hugenotten brachten die Strumpf-, Hut- und Handschuherzeugung nach Erlangen. Aber meine Großmutter hat nur in fremden Häusern Wäsche gewaschen. In Straßburg, Köln und Erlangen. Aber in Erlangen erst zum Schluß, seit mein Großvater in der Anstalt war.

In Nantes bin ich schwanger geworden. Blut tropfte. Wir durften nicht mehr herumfahren, sonst würde das Kind nicht kommen. In Nantes ist mir auch ein Kinderlied eingefallen, jedenfalls ein Lied, das ich als Kind oft gesungen hatte: «Dans les prisons de Nantes, il y a un prisonnier que personne n'y va voir que la fille du geôlier.»

Im März waren wir wieder in Köln. Oben unter dem Dach. Darüber der Himmel.

Am dreißigsten November kam das Kind. Wir hatten ein breites Bett. Darauf lag ich die meiste Zeit still, es sollte ja zur Welt kommen. Wenn ich mich bewegte, konnte es mißlingen. Ab und zu kamen immer noch Tropfen Blut. Dann fürchtete ich mich. Nicht für mich. Ich wäre ganz zufrieden gewesen, zu sterben, wenn das Kind geboren war. Es sollte nur geboren werden.

Aber im neunten Monat nicht mehr. Da wollte ich leben. Fand ich leben schön. Da hatte ich sogar den Leichtsinn, einen kleinen krummen Tannenbaum auszugraben und in einen Topf umzupflanzen. Für Weihnachten, falls wir keine Zeit mehr hätten, einen Tannenbaum zu kaufen.

Aber bis es so weit war, träumte ich viel. Von dem kleinen Teich, in dem wir nackt geschwommen sind. Ich hatte tatsächlich vor, in diesen Teich zu gehen, falls es nicht geboren würde. Laut gesagt habe ich das nicht. Auch ihm nicht. Es hätte ihn ja kränken müssen. Ich hatte es nur vor.

Ich fand Nonnen damals die traurigsten Frauen der Welt. Wenn ich in irgendeinem Jahrhundert eine Nonne hätte sein müssen, hätte ich mir auf jeden Fall einen weltlichen Liebsten gesucht. Auch wenn ich dann ertränkt worden wäre. Ich glaubte nicht, daß Gott will, daß es Nonnen gibt. Selbst Maria hatte ja ein Kind bekommen.

Nur einen Traum hatte ich, der hat mich ein bißchen zweifeln lassen. Da sah ich eine Frau oben an ihrem Fenster. Die hatte einen Blumentopf. Und wie sie sich darüber beugte, um ihn zu begießen, dachte ich, sie hat kein Kind. Vielleicht kann man auch mit einem Blumentopf leben.

Aber da war auch ein anderer Traum. Eigentlich

kein Traum. Ich erinnerte mich nur. Ich erinnerte mich an eine Frau, die war ganz alt. Sie stand mit dem Rücken zu ihrer Hauswand.

Ich kannte die Frau. Sie lebte in einem Haus zusammen mit ihrem Bruder. Der war genau so alt – oder noch älter.

Jedenfalls lehnte sie mit dem Rücken an ihre Hauswand. Das war in Horrem. Von weiter oben, von der Hauptstraße, kam Musik. Da war Polterabend. Da war ich dreizehn. Im Sommer. Ich habe gewünscht, ein Blitz käme und würde sie ganz schnell erschlagen, bevor sie es hört. Aber sie hatte es schon gehört. Sie hörte der Musik einfach zu, über die Gärten weg, mit ruhigem Gesicht.

Da habe ich mich geschämt. Ich hätte es nie ertragen. Bei ihr roch es immer nach Bohnerwachs. Ihr Bruder hatte die Schmiede. Sie hat ihm das ganze Leben den Haushalt geführt.

Ich glaube wirklich, für Entsagen muß man geboren sein. Jedenfalls, ich konnte es nicht. Ich habe nicht einmal im Klassenzimmer still sitzen können, wenn draußen die Sonne schien. Auch wenn es regnete. Ich glaubte nicht, daß Lehrer etwas Wichtiges wissen. Ich glaubte auch nicht, daß die Polizei etwas Wichtiges weiß. Immer, wenn ich unter dem Polizeipräsidium herging, habe ich es bezweifelt. Sie fing Personen wieder ein, die ausgebrochen waren. Die Personen waren doch sicher extra ausgebrochen.

Wenn die Predigt zu lange dauert, geht man auf die Kirchentür zu. Draußen ist alles gut. Ein schöner Platz. Kastanien. Schule dauert grundsätzlich zu lange. Mittagessen auch. Und wohin fahren morgens so viele Menschen in der Straßenbahn? Woher kamen sie spät nachmittags zurück? In der Straßenbahn fuhr nicht einmal Polizei mit. Die Menschen stiegen von alleine ein und aus. Morgens ein und nachmittags aus. Dann verschwanden sie in den Häusern. Auch wenn es noch ganz hell draußen war. Später wußte ich es. Da wollte ich lieber verhungern. Wenn die Polizei käme, würde ich sagen: «Ich verhungere ja gar nicht, ich habe genug zu essen», und dann würde ich ein Weißbrot aus der Tasche ziehen. Ich mußte mir nur genügend Weißbrotstangen besorgen. Dann fiele es nicht auf. Erst wenn ich verhungert war, würden sie merken, daß das Weißbrot ganz hart war.

Noch später war es nicht mehr so schlimm. Da wußte ich, ich bin ein Mädchen. Mädchen werden geheiratet. Dann ist alles gut. Mädchen brauchen nur eine Versorgungsehe.

Noch später wäre ich fast versorgt gewesen. Der Gemeindepfarrer wollte mich heiraten. Aber ich konnte nicht mit ihm reden. Und anrühren durfte er mich nicht. Nie. Trotzdem hatte ich beschlossen, es Gott zu überlassen. Da zerschlug sich die Versorgungsehe. Dann war alles gut.

Nur Wiese. Unsere Wiese. Meine Wiese. Seine Wiese. Ihn wollte ich anfassen. Immerzu.

Fast war alles gut. Nur manchmal nicht. Da sah er über mich weg, in die Zukunft, sah dem Schneefall zu, wollte nicht in eine ungewisse Zukunft mit mir gehen.

Aber meistens doch. Und dann waren wir ja sowieso gefangen. Hinter dem Tor. Es gab auch viel zu tun. Holz mußte gespalten werden. Wie sollten wir denn sonst unser Essen kochen?

Aber 1968 nicht mehr. Da sollte etwas geschehen; da lasen wir Marx und Engels; da stand auch ich im Innenhof der Friedrich-Wilhelm-Universität in Bonn und sah den Flugblättern zu. Aber nur kurz, ich war ja schwanger.

Das ganze Jahr war ich schwanger. Es geschah also schon etwas. Das fand er dann auch. Und wir waren wieder zusammen und warteten auf das, was geschah und wofür Mann und Frau ja auch erschaffen sind.

Als das Kind geboren war, sah er mich an. Was wollte ich jetzt? Weiter zusammensein. Wieder schwanger werden. Vielleicht auch lieber weggehen. Aus der Stadt. Ein kleines eigenes Haus und ein Gärtchen, Kürbis, ein Schaf, Milch und Käse.

Er bestritt, daß leben alles ist. «Es ist aber alles», sagte ich.

So viel Geld, wie wir gebraucht hätten, um wegzugehen mit dem Kind und das Gärtchen zu kaufen, hätten wir aus unseren Elternhäusern holen können. Auch für ein kleines Haus.

Er nannte es Flucht. Er kommt aus einem politischen Elternhaus. Da will man sich einmischen. Ich war doch auch dafür gewesen, etwas zu tun. Will man etwas tun, wenn man ins Paradies will?

Da beschloß er, meine Erziehung in die Hand zu nehmen. Georg Lukács: «Geschichte und Klassenbewußtsein». Ernst Bloch: «Prinzip Hoffnung». Friedrich Engels, Karl Marx: «Die deutsche Ideologie». Jean-Jacques Rousseau: «Der Gesellschaftsvertrag». Ich las.

Abends kamen manchmal Freunde. Eigentlich Kommilitonen. Er studierte. Wir wohnten bei der Universität.

Als es wärmer wurde im nächsten Frühjahr, saß ich mit dem Kind in der Wiese hinter der Universität. Im Mai 1969 war es sechs Monate alt. Im Januar hatte sich Jan Pallach auf dem Prager Wenzelsplatz angezündet. Im Juni gründete sich an der Berliner Freien Universität die «Rote Zelle Germanistik». Mein Dissertationsthema hieß jetzt nicht mehr «Die Funktion des Möglichen im Erzählzusammenhang Robert Musils». Ich lernte zu fragen: Welchen Beitrag leistet das Werk Robert Musils zur Zerschlagung der Bourgeoisie? Die Kommilitonen wollten mir wohl.

Im theaterwissenschaftlichen Institut der Universität führten wir ein Stück auf: «Preziosa und die Revolution». Das hatte ich geschrieben, als bei uns und anderswo die Revolution begann. Nach zehn Sitzungen war beschlossen worden, es zu spielen, obwohl nicht eindeutig geklärt wurde, ob es die Revolutionierung des bürgerlichen Individuums vorantrieb. Preziosas Freund war erschossen worden. Aber Preziosa hatte ein Kind von ihm.

Das Stück wurde im Herbst aufgeführt. Ho Chi Minh war gerade gestorben. Ein Jahr später, im Herbst 1970, war es so weit. Ich kannte die weibliche Emanzipationsliteratur auswendig und war laut für die Emanzipation der Frau. Schon dehalb, weil mir alles mißlang, sagte ich ja.

Noch drei Monate später gab ich Emanzipationskurse an der Volkshochschule in Köln: «Die Verdienste der Suffragetten.» Wenn die Suffragetten nicht gewesen wären, dürften Frauen nicht einmal Volkshochschulkurse besuchen, auch andere Schulen nicht. Und es gibt doch nichts Schöneres als den Besuch von Schulen und weiterführenden Schulen und Hochschulen und Erwachsenenbildungsstätten. Bildung ist wichtig, Ausbildung noch wichtiger.

Mein Mann war mit mir zufrieden. «Es gibt so viele schöne BAT-Stellen», das sind Stellen zum Bundesangestelltentarif. Das fand ich auch.

Wenn man so eine Stelle hat, also sich beworben hat, in die engere Auswahl gekommen ist und die Stelle einnehmen durfte, mußte man nur noch jeden Morgen dahin gehen, wo die Stelle war.

Bei Loden-Frey kaufte ich mir ein Kostüm. Für alle Fälle. Auch mehrere Hemdblusen. Und einen Filzhut. Bei Salamander kräftige Schuhe. Dann befreundete ich mich mit berufstätigen Frauen: Assistentinnen, Lehrerinnen, einer Rechtsanwältin.

Alle hatten keine Probleme. Es ist wichtig, keine Probleme zu haben. Sie sagten auch immer ganz laut: «Kein Problem.» Und fanden immer einen freien Tisch, auch wenn alle Tische längst besetzt waren.

Sie hatten nur Orgasmusschwierigkeiten. Die hatte ich nicht, aber das konnte ich ja nicht laut sagen.

Es hätte mir nichts genützt. Aber auch die Orgasmusschwierigkeiten waren kein Problem. Sie gingen zum Psychiater. Oder in die Selbsterfahrungsgruppe.

Das fand ich eine gute Idee und habe dann auch eine Selbsterfahrungsgruppe gegründet. Mittwoch abends, acht Monate lang. Wir lasen Wilhelm Reich und Reimut Reiche, bis wir bemerkten, daß das Männer waren. Dabei haben Frauen doch gerade Orgasmusschwierigkeiten, weil sie mit Männern zusammen sein müssen. Frauen, die mit Frauen zusammen sein können, haben keine Orgasmusschwierigkeiten.

Da fiel mir Großmutter ein. Dann habe ich mit meinem Mann darüber gesprochen, über Großmutter und Orgasmusschwierigkeiten und Sexismus.

Da fand er: Die lesbische Liebe ist die Voraussetzung für die Emanzipation der Frau.

Und Mann und Frau waren nicht mehr unbedingt füreinander erschaffen. Erst in einer späteren Phase. Wenn die Frauen wirklich emanzipiert wären.

Da hatte ich noch mit keiner Frau geschlafen. Ich schämte mich. Volker Elis Pilgrim sagte etwas Ähnliches über die Männer: Man wird erst eine Möglichkeit für das andere Geschlecht, wenn man sich lange genug auf das eigene Geschlecht bezogen hat.

Im Prinzip fand mein Mann das richtig. Aber er hat dann nie mit Männern geschlafen. Es läge ihm nicht.

Lag es mir, mit Frauen zu schlafen? Ich glaube ja. Bis auf das eine Mal, wo er mich in den Zug gesetzt hat und sie die Bahnfahrt bezahlt hatte, lag es mir. Und da hätte es mir vielleicht auch liegen können. Trotzdem konnte ich nicht mit einer Frau zusammenleben. Warum nicht?

VII

Ich sagte schon, daß ich die Antwort nicht weiß. Vielleicht gibt es auch keine allgemeine Antwort. Ich erinnere mich nur.

Ich erinnere mich an sein Gesicht, als ich ihn verlassen wollte. Auch an seine Schultern. Er gab den Weg frei. Er war nie überzeugt, daß ausgerechnet er es ist. Schon auf der Poppelsdorfer Allee nicht. Er hat nie etwas vorausgesetzt. Wenn ich da war, wollte ich wohl da sein. Außerdem war auch vorne noch Land. Er hat oft darauf gezeigt. Land, wo man hingehen kann. Land, wo ich hingehen kann.

Es kann sein, daß er Liebe unter Frauen nicht denken konnte, daß er sie mir nur anriet, weil er sie nicht denken konnte. Wie es sein kann, daß er die Emanzipation nicht denken konnte, daß er sie mir nur anriet, weil er sie nicht denken konnte.

Ich kann beides denken. Aber zwischen beidem ist ein Unterschied. Man muß gar nicht emanzipiert sein, um sich in andere Frauen zu verlieben. Ich war nicht emanzipiert, aber ich konnte mich in Frauen verlieben. Ich war in eine Frau verliebt, als ich ihn verlassen wollte. Wenn man verliebt ist, ist man gedankenlos. Die Frau, die ich liebte, war eine emanzipierte Frau. Sie wollte in eine andere Stadt ziehen. Sie war Graphikerin.

Er hatte uns getroffen, wie wir zusammen durch die Stadt gingen. Wir hatten ihn eingeladen, Campari mit uns zu trinken. Er hat mit uns Campari getrunken. Dann ging er. Mein Herz riß nicht.

Sie summte im Gehen. Manchmal erzählte sie mir von einer anderen Frau, mit der sie früher zusammen war. In Brüssel. Dann hatte sie auf der Stirn eine kleine senkrechte Falte. Ich wollte nicht, daß sie von der anderen Frau erzählte. Aber sie tat es doch und lachte.

Wenn wir zusammen waren, konnte es scheinen, daß ich emanzipierter war. Das ist schwierig zu erklären. Sie verbarg etwas. Sie verbarg es so, daß es kaum zu merken war. Unter ihrem Lachen, unter dem kleinen Fleck auf ihrer Haut, auf den sie immer hinwies: «Den hatte ich immer, weißt du, immer.» «Ja», bestätigte ich.

Mit ihr zusammen war ich sehr ruhig. Vielleicht nur deshalb, weil sie es nicht war. «Guck mal, das ist schon die zwanzigste.» «Ja», sagte ich, «rauch nicht so viel.»

Sie konnte sogar im Schlaf weinen. Einfach so. Am Morgen hat sie es geleugnet. Sie erzählte auch von Männern, die sie gekannt hatte. Ich habe alles geglaubt. Ich habe nichts geglaubt. Vielleicht ist Liebe so. Nein, so ist Liebe nicht. So ist Zärtlichkeit. Ich fürchte, das ist nicht dasselbe.

Wenn sie geredet hatte, müde geredet war, vergrub sie die Hände ins Haar. Nicht lange. Dann beschrieb sie mit der einen Hand einen Bogen durch die Luft: «Verstehst du das?» «Ja», sagte ich.

Meistens verstand ich es auch. Meistens verstand ich alles. Und glaubte nichts. Natürlich glaubte ich, daß sie es so gelebt hatte oder so gesehen hatte oder so ähnlich. «Du kannst dir gar nicht vorstellen ...» «Doch, ich stelle es mir vor.»

Ich wußte nur nicht, warum sie es mir erzählte. Ob sie unter dem Erzählen nach etwas fragte. Ob sie es mich fragte. Sie verwandte alle Mühe auf das Erzählen selbst, auch wenn es mühelos schien.

Wenn ich ging, sah sie so aus, als ob sie einfach weiter in die Luft hinein erzählen würde. Wenn sie traurig gewesen wäre, daß ich ging, hatte sie es so schnell verborgen, daß es unmerklich war. Ich glaube auch nicht, daß sie traurig war, wenn ich ging. Sie ging ja manchmal auch, mitten unter dem Erzählen. «Ich muß gehen.»

Ihr Erzählen war absichtslos. Das war es, was sie verbarg.

Aber absichtslos sein und nichts Bestimmtes vorhaben ist nicht dasselbe.Er hatte auf der Poppelsdorfer Allee nichts Bestimmtes vor. Ich auch nicht. Trotzdem hatten wir beide Absichten. Absichten, die um die Welt kreisten. Er hatte andere Absichten als ich. Er wollte etwas außerhalb der Welt. Einen Punkt. «Nur ein Punkt kann es sein, nicht größer als ein Punkt. Wenn man ihn gefunden hat, ist alles ganz leicht. Man kann unter Menschen leben. Man muß nur den Punkt gefunden haben.» Deshalb war mir dabei ja das kleine blaue Loch eingefallen, an das Törleß die Leiter stellen wollte.

Ich suchte nach keinem Punkt. Alles war ganz einfach. In der Welt ist man immer schon. Ich hielt es nur schwer in ihr aus. Deshalb wollte ich ja das Paradies. Er nicht. Er suchte nach der Perspektive. Wenn man die Perspektive hat, liegt das Ziel klar vor einem. Die Weltrevolution. Oder die Erlösung des Abendlandes. Der gerechte Krieg. Oder der Pazifismus.

Am Anfang hatte er gedacht, es könnte nur der Buddhismus sein. Dann war er sich nicht mehr so sicher. Später ist es dann der Marxismus-Leninismus geworden. Noch später der Konservatismus.

Ich bin mir eigentlich immer ziemlich gleich geblieben. Mir ging es immer um das Paradies. Aber auch das Paradies ist eine Absicht.

Sie hatte keine Absichten. Das wußte ich noch nicht, als ich ihn verlassen wollte. Da wußte ich nur, sie verbirgt etwas. Aber was?

Wir waren vom Himmerich heruntergekommen. Aber Maiglöckchen hatten wir keine gefunden, nur Maiglöckchenlaub. Da habe ich ihm gesagt, daß ich weggehen wollte. Das fiel mir ganz leicht.

«Du gehst doch dauernd weg, seit März.» Das hat er ganz sachlich gesagt, so wie es war. «Du hast es doch gewollt.»

«Ja, es gefällt dir doch auch.»

«Ich weiß nicht, ob es mir gefällt.» Das habe ich finster gesagt.

Nach einem halben Kilometer ungefähr hatte er ein vorsichtiges Gesicht: «Bleibst du länger?»

«Ich gehe überhaupt.»

«Wo wollt ihr denn hin?»

Darauf habe ich nicht geantwortet. Ich wunderte mich nur, wie taktlos er war.

Dann habe ich ihm einen Vortrag über Emanzipation gehalten. Emanzipierte Frauen reisten immer ohne Ziel. Das sei das Prinzip der Emanzipation. Das Kind nähmen wir mit. Weil es ein Mädchen wäre. Kleine Mädchen brauchten die richtigen Vorbilder. Zum Schluß war ich erschöpft, weil ich auch noch auf die Frauenrechtsbewegung in England, Frankreich und Amerika eingegangen war.

Er sagte nur: «Wenn sie dir Möglichkeiten eröffnet, die du jetzt brauchst.»

Eigentlich habe ich erst da gemerkt, daß ich mit ihm sprach. Daß es ihn gab. Daß er neben mir stand. Es hat mich etwas verunsichert.

Als wir fast unten im Tal waren, haben wir uns ins Gras gesetzt. Und da das so wie immer war, habe ich ihn auch geküßt. Das hat er abgewehrt. Da war ich wieder verunsichert, aber noch mehr gekränkt: «Warum willst du nicht, daß ich dich küsse?»

Da hat er ein ausweichendes Gesicht gemacht. Dann ist er aufgestanden. Seine Schultern sahen ganz leer aus.

«Warum wolltest du denn, daß ich mich emanzipiere, wenn du es jetzt nicht willst?»

Das hat er abgestritten. Er wolle es ja.

Nach noch einem halben Kilometer ungefähr, kurz

vor der Bushaltestelle, hat er sich verabschiedet. Ich
wüßte ja Bescheid. Und den Schlüssel hätte ich auch.
Nun ja. Ich könnte ja heute sagen, daß es Mitleid war.
Hat Mitleid Herzklopfen? Ich hatte Herzklopfen. Er
ging. Ich sah nur seinen Rücken. Und wagte nicht,
ihm nachzugehen.
Ich bin in den Bus eingestiegen.
Gesichter können ganz verlassen aussehen und trotzdem selbstbewußt. Seines hatte so ausgesehen.
In dieser Nacht ist er nicht nach Hause gekommen.
Erst am nächsten Morgen. Da bin ich schnell aus dem
Haus gegangen.
Ihre Koffer waren halb gepackt. Was nicht gepackt
war, lag auf dem Boden, auf dem Bett, auf den Stühlen.
Sie erzählte, sie beschrieb mit der Hand einen Bogen
durch die Luft. Ich kannte den Anfang der Geschichte
nicht, das Ende nicht. «Verstehst du das?» «Nein»,
sagte ich, «ich verstehe es nicht. Willst du, daß wir
verreisen?»
Sie zeigte mir eine kleine Brosche: «Soll ich die anzie-
hen, gefällt sie dir?»
«Sie gefällt mir. Aber ich frage dich.»
«Was?» hat sie gefragt, so unaufmerksam wortreich
wie immer.
Die Geschichte verlor sich, ich kannte den Anfang
nicht, würde auch das Ende nie kennenlernen. Ihre
Geschichten hatten alle kein Ende, verliefen sich wie
Wasser im Sand.
Würde ich mit ihr gehen?
«Was willst du von mir?»

Da sieht sie mich an. Vorwurfsvoll. Ich kann das Gespinst zerreißen. Ich muß es nur tun.

Lavendel. Großmutter hat Lavendel gesagt. Das war in den Seealpen. Grete hatte den ganzen Schoß davon voll. Kann man Lavendelwasser draus machen. Seifenwürze. Lavendelgeist. Auch einfach den Kopf in den Schoß legen. Lavendelschoß. Sie hat ruhige Brüste.

«Er hat ein verlassenes Gesicht», sage ich.

Sie reckt sich. Hebt beide Arme über den Kopf. «Ich habe an Grasse gedacht. Da machen sie Parfum.»

«Woher weißt du?» beginne ich.

Sie lacht. Ich weiß, mein Gesicht ist klein und blaß. Es paßt zu seinem Gesicht. Unsere Herzen haben Herzklopfen vor Angst umeinander. Sie kennt Herzklopfen nicht. Herzklopfen hat man vor Entscheidungen. Sie kennt keine Entscheidungen.

«Weißt du, was es bedeutet, wenn ich mit dir leben würde?»

Genau so habe ich das gesagt. Das nennt man pathetisch. Ich wollte es pathetisch sagen.

«Du wirst dich an Grasse gewöhnen. Ich habe es gezeichnet. Da.»

Ich sah nichts. Linien an der Wand. Ich roch auch nichts, keinen Lavendel.

«Was machen sie für ein Parfum in Grasse?»

«Magst du es?» Sie steht vor mir. Schultern, Haar, Brust.

Was soll ich damit? Männern könnte es gefallen. Gefällt es mir nicht?

Ich versuche zu denken. Ich muß schnell denken. Ich muß mich entscheiden.

«Du hast kein Herzklopfen», sage ich.

«Aber es flattert», sagt sie.

Ganz deutlich, unmißverständlich. Sie versteht also doch. Sie hat mich die ganze Zeit verstanden.

«Was hast du verstanden?» frage ich.

«Du liebst ihn.»

«Und dich?»

«Mich liebst du nicht.»

Wo sie es ausspricht, weiß ich es. Warum hat sie es ausgesprochen? Aber ich wollte es ja so.

Die Wahrheit sollte man sich nur sagen dürfen, wenn man sich liebt.

Ihm konnte ich alles sagen. Ich liebe ihn also. Großmutter konnte ich alles sagen. Ich liebe sie also. Es ist nicht wahr, daß alles immer ganz einfach ist. Es stimmt nicht, daß man nur direkt zueinander zu sein braucht, und dann ist es schon gut. Dann ist es noch längst nicht gut. Dann fängt es erst an, dieser Wirbel tief aus den Zehenspitzen: «Ich liebe dich nicht, ich gehe, daß du es nur weißt.» Damit fängt es an. Das ist schon fast die halbe Liebe, streitsüchtig, widerspruchssüchtig: «Widersprich mir doch, wenn du es wagst!»

Zu ihm soll ich gesagt haben – aber das war noch vor der Ehe: «Du kannst es mit keiner anderen Frau tun, sonst töte ich dich.»

Er behauptet jedenfalls, daß ich das gesagt habe.

Ich kann mir tatsächlich immer noch nicht vorstellen, daß er es mit einer anderen Frau tut. Täte er es, aber ich kann es mir nicht vorstellen, gäbe es nichts mehr, was ich ihm sagen könnte.

Aber vielleicht doch. Wenn man zwölf Jahre zusammengelebt hat, nicht redselig, aber selbstverständlich, also dann, wenn man etwas reden wollte, kann man es vielleicht auch dann noch.

Ich weiß es nicht. Vielleicht kann man es überhaupt nur, solange man geliebt wird. Wenn ich also auch dann noch mit ihm reden könnte, würde er mich wohl immer noch lieben.

Mit ihr konnte ich nicht reden. Also hat sie mich nicht geliebt. Wenn man liebt, hat man Absichten. Sie hatte keine. Sie war absichtslos. Sie hat nicht gefragt. Sie hat nicht gefordert. Sie hat nicht einmal im Traum die Welt umkreist.

Tue ich dir unrecht? Dann widerleg mich. Als du bestrittest, daß ich dich liebe, bin ich nicht weggegangen. Du hast mich geküßt. Du hast mir die Sachen gezeigt, die du mitnehmen wolltest. Ich kannte sie nicht. Ich gebe zu, das Nachthemd war hübsch. Aber du hattest so viele andere, die ebenso hübsch waren.

Weißt du, was ich getan hätte, wenn ich du gewesen wäre? Ich hätte den Kopf in deinen Schoß gelegt. Weißt du nicht, wie man bitterlich weint? Manchmal ist es die einzige Möglichkeit, sich verständlich zu machen.

Was sollte ich mit dem Nachthemd? Du hattest doch schon fünf. Und wenn du gar keins gehabt hättest. Das ist es nicht. Liebe, Liebste, braucht etwas, woran sie entstehen kann. Wo kein Mangel ist, liebt Liebe nicht.

Er hat mich nicht geküßt. Er hat sich nicht einmal

küssen lassen. Er hatte nur ein verlassenes Gesicht. Da habe ich die ganze Nacht nicht schlafen können. Er hat mich nicht verführt. Er hat nie den Versuch gemacht, mich zu verführen. Er hat die Arme einfach hängen lassen, als ich gehen wollte. Wenn ich nicht mehr wollte, daß er meine Wiese ist ...

Ich glaube, so ist Liebe. So ist seine Liebe jedenfalls. Er kann nicht kämpfen. Ich liebe anders. Ich kann auch nicht kämpfen. Ich kann auch nicht verführen. Aber ich bitte. Auch wenn es sich nicht nach Bitte anhört, sondern nach Kriegserklärung. Unter der Kriegserklärung bitte ich, mir meinen Willen zu lassen, mich zu lieben.

So verstehen wir uns, er und ich. Er versteht meine Kriegserklärungen, ich verstehe seine Sanftheit. Auch Sanftheit ist zäh. Sie hat mich immer bezwungen. Als sie kam, als ich im Park auf Maria wartete, war alles gut. Maria brauchte nicht mehr zu kommen. Sie hatte vielleicht ihr kleines Kind verloren. Und mußte es suchen gehen. Das verstand ich gut. Ich wollte es mit ihr suchen.

Ich verstehe überhaupt alle Leute, die etwas suchen. Mein Vater hat mich immer gesucht. Großmutter auch, obwohl sie es bestritt. Sie nahm dann nur ihr Umhängetuch um die Schultern und sagte, sie hätte noch etwas zu besorgen. Tante Wiesenthal suchte immer nach Sätzen, die sie in ihr blaues Buch schreiben konnte. Und Onkel Mohn überlegte sich, was er am Abend erzählen könnte. Es muß ja immer einer da sein, der erzählt.

Es liegt also nicht daran, daß du lange Haare hast und

eine Frau bist. Großmutter hatte auch lange Haare, wenn sie sie auch aufsteckte. Maria hatte sicherlich auch lange Haare.

Aber du hast mich nicht gefragt. Du hast auch nicht nach ihm gefragt, als ich mit dir über sein Gesicht reden wollte. Du hast nicht einmal für dich selbst gesprochen. Daß du nicht leben kannst ohne mich, das hätte ich verstanden. Warum hast du es nicht gesagt?

Du sahst so hübsch aus in dem blauen Kleid. Wir hätten Schwestern sein können. Oder Freundinnen. Wir hätten uns erzählen können. Und nicht zudecken müssen unter Geschichten.

Ich glaube nicht, daß sie dich betrafen. Warum hast du uns die Zeit mit ihnen gestohlen? Ich weiß, Liebste, Verführung ist indirekt. Aber ich lasse mich nicht verführen. Frauen verführen gern.

VIII

Im Sommer, was sage ich, als alles wieder gut war, als ich lange krank gewesen war, nach den dummen Schlaftabletten im November, als wir beschlossen, ein zweites Kind zu haben, da waren wir schon in unserem Haus, da hatte der Flieder schon ausgeblüht, da hatten wir schon den Kirschbaum leergepflückt, da wehte es so ein bißchen abends, und er war mein Mann.

Früher, in dem kleinen Haus, konnte man einfach ins Korn hineingehen, bis wir uns nicht mehr sahen.

Dann fürchtete ich mich. Ohne ihn. Nur Roggen und Schwalben. Wenn er nicht wiederkäme? Andere Männer allerdings würden gar nicht erst mit mir ins Kornfeld gehen. Andere Männer würden auch nicht nach dem kleinen blauen Loch suchen. Andere Männer arbeiteten. Wir waren immer zusammen. Ich hatte den Traum gefaßt, so sollte es bleiben.

Aber es blieb nicht so. Sechs Jahre lang nicht. In diesem Sommer, von dem ich erzählen will, eigentlich an diesem Abend, war alles wieder gut.

Die Vorhänge hatte ich zugezogen. Die sind aus Sommerleinen. Ausgewaschenes Blau. Großmutter hatte sie schon. In unserem Haus stehen überhaupt viele Möbel, mit denen schon andere Leute lebten. Großmutters Möbel. Aber auch der kleine stoffbespannte Schemel, auf den Tante Wiesenthal beim Sitzen die Schuhe hochstellte. Onkel Mohns Spieltisch natürlich auch. Und Tante Luises Küchenschränke. Die haben ganz viele kleine rundgewölbte Scheiben.

Es war gut, daß wir in ein großes Haus umgezogen sind. So mußten uns alle Leute etwas schenken. Und Onkel Pello, bei dem wir unsere eigenen Möbel untergestellt hatten, so lange, bis wir unser Haus gefunden hatten – aber das erzähle ich noch –, auch Onkel Pello und seine Frau haben uns etwas geschenkt: Blumenübertöpfe. Bilderrahmen bekamen wir von Frieda Altermann. Die Bücher hatten wir von unseren Vätern.

Aber auch ich kann schenken. Bevor wir beschlossen hatten, noch ein Kind zu haben, habe ich der Zigeunerin vielerlei geschenkt. Nicht nur Kindersachen, auch Teller und Töpfe. Da hatte ich zwar wieder ans Leben geglaubt, aber nicht sozusagen ans Glück.

Die Zigeunerin hatte fünf Kinder. Ich wäre gerne sie gewesen. So glattes Haar. So viele Kinder. Auf ihrem Wagen hing immer Wäsche.

Früher auf den Dämmen hing auf den Flußschiffen Wäsche, auf den Kohlenschiffen jedenfalls.

Die Zigeunerin war im Mai gekommen. Ein Jahr später war unser zweites Kind geboren. Es ist abergläubisch, wenn ich sage, daß sie gezaubert hat. Aber sie hat gezaubert. Sie hat gesagt, mir fehlte Salbei. Sie hat sogar das mit der Fehlgeburt gewußt. Sie hat gesagt: «Im Mai hast du wieder ein Kind.» Und das hat ja auch gestimmt.

Ich fürchte Blut nicht. Nur wenn es zur Unzeit tropft. Bei unserem ersten Kind hat es das getan, fast bis zum Schluß. Und dann war es gut. Das zweite ist erst gar nicht gekommen. Deshalb darf ich es nicht das zweite nennen. Das zweite kam. Es kam im Mai. Und ist dann jedes Jahr so übermütig gewesen, als ob es gar nicht möglich gewesen wäre, daß es nicht gekommen wäre.

Aber als die Zigeunerin kam, kannte ich es ja noch nicht. Wahrscheinlich hat mir gar nichts gefehlt, was nicht sehr leicht zu durchschauen gewesen wäre. Etwas fehlte. Aber ich durchschaute es nicht. Ich grübelte. Auch mein Mann wußte es nicht. Er grübelte auch. Das Haus hatten wir eingerichtet. Es war ganz unerklärlich.

Als die Zigeunerin kam, war er nicht da. Ich war

ganz allein mit ihr. Ihre Kinder spielten draußen. Mit meiner Tochter und den anderen Kindern. Sie fand das Haus schön, ich fand ihren Wagen schön. Ich hatte ihr die Sachen gegeben. Dann weinte ich. Sie war ganz ruhig. «Dir fehlt nichts», hat sie gesagt, «nur Salbei.»

«Was tut Salbei?»

«Stillt Blut. Es wird gut gehen. Das nächstemal geht es gut.»

Sie wußte sogar, in welchem Monat die Fehlgeburt war. Aber ich bin nicht abergläubisch. Ich stelle es nur fest, daß sie es wußte.

Dann hat sie gelacht. «Hast du keinen Mann?»

«Doch», habe ich gesagt. Was wollte sie denn damit?

«Wo schläfst du denn?»

«Da», habe ich gesagt und auf das Sofa gezeigt. Das hat den gleichen Leinenbezug wie die Vorhänge, und ein bißchen verschlissen ist es auch.

«Und dein Mann?» hat sie gefragt.

«Oben. In seinem Zimmer.»

Sie war sehr rund. Und wie sie die Hände über den Bauch gelegt hat, noch runder. Da merkte ich auch, daß es stimmt, daß man Tränen lachen kann. Sie hat Tränen gelacht.

«Ich habe keinen Mann», hat sie gesagt, «ich will auch keinen mehr sehen, aber wenn ich einen wollte, nur die Treppe hinauf ... sag mal, hat er es auch so eng?»

Nun ja, da ist mir die Idee schon gekommen. Ich meine, die Idee, daß er mein Mann ist. Aber vorher

war die Emanzipation und die lesbische Liebe und
der WDR und Podiumsdiskussionen in Düsseldorf
und Frankfurt. Und der Kirchentag in Fulda. Und
Einzelvorträge in Diekholzen und Säckingen und
Duisburg, Recklinghausen, Cuxhaven. Man fährt
lange mit der Bahn durch Deutschland, und immer
umsteigen. Dann die Fehlgeburt. Schlaftabletten.
Krank. Zum Schluß hat er nur noch Rücksicht genommen. So nennt man das doch, wenn ein Mann
seiner Frau nicht zumuten will, mit ihm zu schlafen.
Die Zigeunerin fand es ganz und gar Unsinn.
Durch sie habe ich überhaupt erst gemerkt, daß er
Rücksicht nahm. Er zieht mich nicht mehr an und
zieht mich nicht mehr aus. Er liegt nicht mehr neben mir. Ich weiß nicht mehr, wie er riecht. Er liegt
nicht mehr auf mir. Ich weiß nicht mehr, wie
schwer er ist. Wenn nicht bald die Sonne kommt,
fühle ich mich nicht mehr.
Nun ja, sie hat es mir erklärt. Und ich habe es ihm
erklärt. Und noch am selben Abend ist er zu mir
gekommen.
Es ist so, wenn man nicht genug miteinander redet,
macht man sich falsche Vorstellungen voneinander.
Ich wäre um ein Haar aus dem Leben gegangen,
jedenfalls nicht wieder in es hineingekommen, weil
ich nicht laut sagen wollte, daß meine Emanzipation gescheitert war. Er hätte das ruhig mit angesehen, weil er es eine Zumutung findet, einer Frau
in der Ehe zu zeigen, daß sie ihm fehlt.
Außerdem hielt er mich für emanzipiert. Ich war ja

mühelos lesbisch geworden, und das bloß, weil er gesagt hatte, das sei die Voraussetzung für Emanzipation. Aber so ist das nicht. Man wird nur, was man ist. Man weiß es nur manchmal nicht, weil man seine Großeltern nicht kennt.

Ich bin es also, aber das ist für dieses Buch nicht wichtig. Das steht in meinem dritten Buch, dem Buch mit den lesbischen Geschichten. Die wollte ich lange nicht veröffentlichen; sie sind auch erst nach dem vierten Buch veröffentlicht worden. Da ging es mir um die Familie.

Mit der Phantasie ist es so eine Sache. Ich habe wenig davon. Ich erinnere mich nur. Alle Dinge haben zwei Seiten, also muß man sie auch zeigen: Meine Mutter hat gegen meine Großmutter die Familie in Schutz genommen. Also wollte ich auch die Familie in Schutz nehmen. Meine Großmutter hat gegen meine Mutter die Liebe unter Frauen in Schutz genommen. Also wollte ich auch die Liebe unter Frauen in Schutz nehmen. Mein Vater hat meinen Großvater verdächtigt, ein unseriöser Mann gewesen zu sein. Das will ich so nicht anerkennen. Aber meine Großmutter hat an meinem Großvater gelitten. Das muß berücksichtigt werden. Meine Freundinnen habe ich geliebt, aber sie sind nicht wie Maria gewesen. Maria ist nicht meine Freundin gewesen, aber sie hat mir etwas geschenkt, etwas, was mir schon Großmutter geschenkt hat und Tante Wiesenthal und später mein Mann. Ich wollte nicht in die Emanzipation gehen, aber ich bin doch in sie hineingegangen, und nicht nur, weil mein Mann es

verlangt hat und weil ich ihn zu verlieren fürchtete.
Ich habe mehrmals auch ohne ihn Entschlüsse gefaßt. Als ich in den Teich gehen wollte, wenn das
Kind nicht käme; als ich ihn verlassen wollte, als
ich die Schlaftabletten nahm. Manchmal habe ich
mich ganz für mich allein gesehen. Ich mußte entscheiden. Ich entschied. Nicht gegen ihn, aber ohne
ihn.
Eigentlich ist das nichts Neues. Auch früher endete
Großmutters Schutz an ihren Schürzenrändern. Ich
konnte mich immer noch verlaufen. Ich habe mich
oft verlaufen. Dann suchten sie mich.
Als ich allein gehen sollte, war alles wie immer.
Manchmal glaubte ich, daß es ihn gab, manchmal
nicht. Dann habe ich so gehandelt, als ob es ihn
nicht gäbe. Nicht gegen ihn. Ich hatte ja keinen
Grund, mich von ihm zu befreien; er hatte mich
selbst ins Freie gestellt.

IX

Im Freien traf ich manchmal Freunde.
Erich. Der kommt aus dem Ruhrgebiet und wohnt
da immer noch. Aber wir haben uns in Bremen
kennengelernt, auf einem Bahnhof. Da hatte ich einen Vortrag gehalten, und er hatte seinen Bruder
besucht. Außerdem liebte er, aber vergeblich, eine
Serviererin in der Bremer Bahnhofsgaststätte.
Es fing damit an, daß er mir eine Schokolade be-

stellte und mir sagte, ich solle einmal sehen, wie die Serviererin in ihren Schuhen ging. Da sah ich nichts Auffälliges. Aber er sagte: «Sie hat die Schuhe ganz breitgetreten.»

Ich sagte: «Das kommt vom Laufen.»

Er fragte: «Läufst du nicht auch?»

Dann machte er dasselbe mit ihren Handgelenken.

«Sieh dir an, wie kräftig ihre Handgelenke sind.»

Ich sagte: «Serviererinnen müssen kräftige Handgelenke haben.»

Da nahm er meine Hand. Etwas danach hat er geweint. Die Serviererin hatte ihn gestern abend rausgeschmissen, obwohl er drei Abende lang gezahlt hatte. Er war eine Woche bei seinem Bruder in Bremen. Gestern abend allerdings hatte er kein Geld mehr. Dabei war er nicht wegen des Zeugs gekommen, fünf Pils, fünf Korn.

Von ihm habe ich das Wort «nur ich».

Sein Bruder war fein geworden. Er arbeitete im Kohlenbergbau. Essener Steinkohlenbergwerke AG.

Als er wissen wollte, was ich mache, hat er mir nicht geglaubt. Ich hätte Kinder. Nein, glaubte er nicht. Was dann? Ich schriebe Bücher.

Da wußte ich einen Moment lang nicht, ob er nicht doch gewalttätig ist.

«Ich auch», sagte er, und das sagte er drohend, «ich habe sogar einen ganzen Roman geschrieben, ‹Nur ich›. Wie findest du das?»

Da sagte ich, daß mir der Titel gefiele. Vielleicht könne ich auch einmal versuchen, ein Buch, das «Nur ich» hieße, zu schreiben.

Da kam die Serviererin an unseren Tisch und wollte kassieren. Aber ich hatte kein Geld. Ich hatte nur meine Fahrkarte. Was ich sonst noch gehabt hatte, hatte ich schon ausgegeben. Und das Geld für den Vortrag war ein Scheck. Den konnte ich hier nicht einlösen.

Da kam also das Unglück über uns. Über seinen grauen Stoffmantel und meinen roten Ledermantel, Pelzbesatz am Kragen, an den Ärmeln und am Saum. Aber den Mantel konnte ich auch nicht einlösen.

Sie sagte, ich müsse meinen Kavalier schon freihalten, sonst riefe sie die Polizei.

Da sind wir weggelaufen. Blitzschnell, ohne Verabredung, Hand in Hand in den nächsten Zug. Richtung Essen. Richtung Köln.

Seit da sind wir befreundet. Wir sind uns zum Beispiel einig über «nur ich».

In Stuttgart, aber das war später, als mich der konservative Professor nicht empfangen wollte, Karfreitagmorgen, und ich Stuttgart nicht kannte – die Türken, die am Karfreitag in Stuttgart spazierengingen, kannten es besser –, wußte ich, daß Erich und ich Freunde sind, nur daß Erich «nur ich» grimmiger sagt als ich. Aber vielleicht sehen Männer das klarer.

Wenn mich mein Mann in Stuttgart nicht wiedergefunden hätte, hätte ich wohl auch da geguckt, ob es in Stuttgart nicht einen Fluß gibt. Es nützt einem ja doch nichts, noch so grimmig «nur ich» zu sagen. Wenn man allein ist, ist man eben allein.

Mein zweiter Freund, der hätte mich vielleicht vergewaltigt. Das war in Duisburg. Aber wenn er es getan hätte, wäre es ein Mißverständnis gewesen.

Da hatte ich auch einen Vortrag gehalten. Der Vortrag war es schuld: «Sexualität in der Konsumgesellschaft». Es war mein erster Vortrag überhaupt. Später wurde er in «Gedanken zur Zeit» gesendet.

In dem Vortrag war ich für Daphnis und Chloë gewesen, also dafür, daß Daphnis so vorsichtig war, als er das erstemal mit Chloë schlief. «Denn sie sollte seinetwegen weder schreien wie über einen Feind noch weinen vor Schmerz noch wie verwundet bluten.» So hatte es Daphnis mit Chloë vor.

In dem Saal waren lauter Oberschüler und ich. Später habe ich öfter vor CDU-Frauenvereinigungen gesprochen. Da hätte der Vortrag nicht mißverstanden werden können.

In Duisburg, nach dem Vortrag, hatte ich Durst. Und mein Zug fuhr noch nicht. In der Gaststätte tranken wir Bier. An drei Tischen, die hatten wir zusammengeschoben.

Aber über Konsumgesellschaft im allgemeinen und Sexualität im besonderen wußte ich da noch nicht viel. Jedenfalls nichts über den Vortrag hinaus. Sonst hatte ich zu dieser Zeit eine Ehe und ein Kind. Pille nahm ich nicht. Fernseher hatten wir nicht, Rasenmäher auch nicht. Einen Staubsauger sollten wir allerdings von seiner Großmutter bekommen. Die hatte in Berlin ihre Wohnung aufgegeben. Ist ein Staubsauger ein Konsumgut?

Sexshops kannte ich nicht. Sexmagazine las ich

nicht. Ich war für Knaus-Ogino, also für die Bestimmung des Zeitraums, in dem ein Beischlaf am ehesten zur Befruchtung führt. Denn wenn man sich liebt, will man Kinder, und dann muß man wissen, wann es dafür am günstigsten ist.

Vielleicht war es schon da, wo ich zum erstenmal gemerkt habe, daß alle Dinge zwei Seiten haben, und wenn man nur die eine kennt, weiß man nichts. Aber etwas merken und etwas wissen ist zweierlei.

An den Biertischen jedenfalls haben sie mich aufgeklärt. Ich hätte wohl einen heißen Draht zum Papst. Wenn ich mich umstellt finde, übersteigere ich alles noch mehr: Jedes mögliche Kind, das nicht zur Welt käme, bloß weil Vater und Mutter nicht bereit wären, es zur Welt kommen zu lassen – in der Art.

Da war es aus. Wohnungsnot. Kannte ich nicht. Sechzig bis achtzig Quadratmeter, aber jedes mögliche Kind. Was kostet ein Kind? Kommste nicht mit hin. Kannste doppeln. Und überhaupt, kann keine Frau mehr mitverdienen. Muß der Mann alles alleine ranschaffen.

«Soll er auch. Ich bin für die Beibehaltung der traditionellen Rollenverteilung.»

Und was hat das alles mit Sex zu tun?

«Soll es ja gar nicht. Mir geht es um den Geburtenzuwachs.»

Da kam der Krach. Wer hinter mir steckt. Wie damals, beim Polizeipräsidium. Nur anders herum.

«Niemand», sagte ich. «Hier ist doch sowieso niemand mehr konservativ.»

Konservativ war Tante Wiesenthals Lieblingswort. Und weil mir Tante Wiesenthal einfiel und der Konservatismus im allgemeinen, fielen mir dann auch noch Mädchenschulen im besonderen ein, und ich war gegen die Koedukationsschule, weil da Mädchen nicht ausreichend auf ihre besondere Rolle vorbereitet werden könnten.

Die meisten hatten mich da schon abgeschrieben und gingen nach Hause. Aber ein Tisch nicht. Ich sah ja nicht nach «Wachtturm» aus. Das geben die Zeugen Jehovas heraus.

Die Zeugen Jehovas gehen davon aus, daß Jehova bald alle Feinde seiner Theokratie vernichten und nur die Zeugen leben lassen wird. Davon gehe ich nicht aus.

Aber vielleicht hätte ich doch besser nach «Wachtturm» ausgesehen, denn die jetzt übrigblieben an meinem Tisch, hatten mich vielleicht nicht abgeschrieben, aber schienen auf andere Weise kurzen Prozeß mit mir machen zu wollen.

Die Situation war jedenfalls schwierig. Da habe ich mir ungefähr gedacht, besser einer als alle. Ohne mir im einzelnen irgend etwas vorzustellen. Und habe zu Klaus, der saß auch am weitesten entfernt, gesagt: «Gehen wir jetzt?»

Da wußte ich allerdings noch nicht, daß er Klaus hieß. Aber er stand auf, so als ob wir uns schon immer gekannt hätten, gleichgültig, ein bißchen mißmutig sogar. Und wir gingen.

Draußen war ich übermütig, weil es geglückt war. Aber er sah immer noch finster aus. Da habe ich ihn geküßt. Und er hat mich zurückgeküßt. Und Freunde waren wir von da an auch.

Dann habe ich noch einen Freund. Das ist ein Pazifist. Er sagt es allerdings nicht laut. Ich rate ihm auch immer, es nicht laut zu sagen. Es genügt schon, daß er nicht mit Frauen schläft. Auch nicht mit Männern.

Er ist überhaupt ganz leise. Im Winter kümmert er sich um die Vögel. Weil sie es dann schwer haben, auch im Wald. Er hat nur einmal in der Zeitung gestanden. Das war, als er den Jungen aus dem Wasser geholt hat. Er kannte die Strömung, deshalb hat er ihn herausgeholt.

Er wohnt in Köln. Und ißt jeden Mittag in der gleichen Gaststätte. Das ist eine vegetarische Gaststätte, aber man kann darin auch anderes essen. Er ißt meistens Lauch, aber auch Sonnenblumenöl und Backpflaumen mit süßem Reis oder Apfel im Schlafrock oder rote Grütze.

Politisch ist er nicht. Deshalb fällt es mir schwer, mit ihm zu reden. Ich bin doch irgendwo politisch. Jedenfalls manchmal. Er nie.

Er behauptet, es gäbe ein paar Dinge, so ein paar Dinge, und das wäre es auch schon.

Bei ihm habe ich immer übernachtet, wenn kein Zug mehr ging. Der letzte Zug von Köln nach Dieringhausen geht um einundzwanzig Uhr. Das ist ja keine Zeit.

Wir lagen dann im gleichen Raum. Er hat nur einen. Aber ich führe ihn nie in Versuchung. Er findet es keine Versuchung. Dann könnten ihn ebensogut die Vögel versuchen. Mit denen wäre er auch mehr zusammen. Das bestreite ich. Vögel haben ein Federkleid, ich aber bin nackt. Aber nur manchmal, am Anfang, als ich es nicht glauben wollte, daß das keine Versuchung für ihn war. Es war keine. Dabei war ich da ganz goldbraun, es war ja Sommer. Er hat mich auch sehr freundlich angesehen, ganz aufmerksam, also nicht so, daß ich gekränkt sein mußte.

Aber so sieht er sich alles an. Weiden zum Beispiel, um die Rutenzweige zu prüfen. Er macht Korbwaren und verkauft sie dann. Er macht auch noch verschiedene andere Dinge. Außerdem hat er eine Freundin.

Ich will gestehen, daß ich eifersüchtig auf sie war. Auch deshalb wollte ich ihn in Versuchung führen. Ihr gehört das Reformhaus, aus dem er immer den Honig hat, auch das Distelöl; zu Hause hat er nämlich Distelöl. Sie ist doppelt so alt wie ich. Aber das macht es nicht. Ich zum Beispiel bin manchmal sehr blaß. Sie nicht; sie sieht so gesund aus, als ob Gott immerzu an ihrer Gesundheit gearbeitet hätte.

Sie ist auch nie nervös. Ich bin manchmal nervös. Sie raucht auch nicht und trinkt keinen schwarzen Kaffee. Ich rauche und trinke schwarzen Kaffee. Sie ist immer ruhig. Ich nicht. Aber wenn ich mit ruhigen Leuten zusammenkomme, wie mit ihr oder der Zigeunerin oder Maria, beruhigt mich das immer auch.

Großmutter war nicht ganz so ruhig, mein Mann ist auch nicht ganz so ruhig. Aber auch sie sind beide ruhiger als ich. Mit den Mönchen in den Klöstern ist das ein Irrtum. Man denkt sich, daß sie ganz ruhig wären. Das sind sie zum Teil nicht. Ich habe einige kennengelernt, die waren es nicht. So etwas kann natürlich verschiedene Gründe haben, auch den Grund aufrichtigster Sorge; die Welt ist ja wirklich ein Jammertal.

Aber sie sorgt sich nicht. Sie steht hinter der Theke. Sie findet Sorgen grundsätzlich ungesund. Man muß nur vernünftiger leben. Maßvoll. Vollkornbrot, Sauermilch, frisch geraspelte Möhren.

Mich hat sie in ihr Herz geschlossen. Durch sie habe ich meinen Freund überhaupt erst kennengelernt. Sie kennen sich beide schon lange.

«Ich würde gerne mal wieder bißchen auf den Dämmen gehen, Richtung Worringen», hatte ich zu ihr gesagt. Da wohnten wir nicht mehr in Köln. Da hat sie gesagt, daß Markus, so heißt mein Freund, ja mit mir gehen könne. Der kenne sich da überall aus. Wegen der Weiden. Die müssen da ja stehen als Uferbefestigung.

Er ist dann auch mit mir gegangen. Und im Winter auch manchmal in den Wald. Ich habe ihm zugesehen.

Trotzdem ist Markus keine Liebe von mir, sondern ein Freund. Wenn auch keiner, der mich über mich aufklärt, also einer, der mir erklärt, warum ich bin, wie ich bin.

Aber das tun alle meine Freunde nicht. Wir sind nur zusammen, weil etwas ähnlich ist. Ich weiß auch nicht genau, was es ist.

Es ist ja so, man hat als Mensch auch Feinde. In Mülheim an der Ruhr zum Beispiel hatte ich Feinde. Ich verstehe es meistens nicht, mir Mehrheiten zu schaffen. Bei öffentlichen Diskussionen muß man das aber verstehen, sonst zieht man Feindseligkeit auf sich. Ich sage nur, was mir gerade in den Sinn kommt. Ich lüge nicht. Aber es paßt trotzdem nicht in die Situation. Es ist nicht das, was vom Publikum erwartet wurde. Oder es ist das, was vielleicht an einem anderen Ort erwartet worden wäre. Oder das, was ich selbst schon einmal verworfen hatte, aber aus irgendeinem Grund jetzt doch noch einmal sagen will. Jedenfalls paßt es nicht. Es bietet keine Lösung an. Oder eine ganz unmögliche, eine reaktionäre oder eine utopische, in der Art.

Aber dann ist immer noch jemand, dem hat es aus irgendeinem Grund gefallen oder eingeleuchtet. Und der fragt mich dann, ob ich nicht einmal bei ihnen sprechen will. Das kann eine Managertagung sein oder ein örtlicher Hausfrauenbund oder ein Altersheim oder der Bayerische Rundfunk.

In Düsseldorf, auf einer öffentlichen Podiumsdiskussion, war ein Verhaltensforscher für mich. Aber das war auch ungefähr der einzige. Nur Geistliche waren selten gegen mich, selbst protestantische nicht. Am schlimmsten ist es überall da, wo konkrete Maßnahmen ergriffen werden sollen, um Reformabsichten durchzusetzen. Dann will ich entweder nichts reformieren oder will erst wissen, woraufhin. Aber es ist nicht so, daß ich auf der Seite der Mächtigen stehe.

Einige Male war ich unter Mächtigen. Es hat mich befremdet; nicht buchstäblich die Mächtigen selbst, als Personen genommen; nur das, was sie tun.

Außerdem kommt es bei Mächtigen darauf an, was für Mächtige sie sind. Wirtschaft, Kultur und Politik sind ja unterschiedliche Mächte, wenn auch natürlich alles Mächte.

Trotzdem gibt es da Fälle, wo es sich überschneidet. Bei Politikern und Dichtern ist es mir einige Male passiert. Ich meine, daß sie mich nicht befremdet haben. Natürlich blieben es Mächtige. Wer nicht ausdrücklich mit der Macht bricht und sie hat, ist eben ein Mächtiger.

Überhaupt kommt es mir so vor, daß die meisten Menschen in irgendeiner Form mit der Macht zu tun haben. Es gibt die, die die Macht haben, und es gibt die, die an die Macht wollen. Die anderen, die es auch noch gibt, gibt es nicht. Ganz freiwillig jedenfalls sind die wenigsten Menschen gern machtlos.

Vielleicht habe ich auch deshalb nicht so sehr viel Freunde. Jedenfalls, die Machthaber sind meine Freunde nicht. Die, die an die Macht wollen, auch nicht, auch wenn sie sich Revolutionäre nennen. Meistens nicht. Sie wechseln die Macht bloß aus. Um so etwas zu können, braucht man Haß. Dann verwaltet man die neue Macht.

Und dann gibt es die Einzelgänger. Wie werden Einzelgänger Einzelgänger? Natürlich kann man nachlesen, wie Brandstifter zu Brandstiftern werden oder Mönche zu Mönchen oder Dichter zu Dichtern; ich meine jetzt einmal die, die keine Mächtigen sind, aber trotzdem dichten. Bei Einzelgängern weiß man jedenfalls auch nie, wen man vor sich hat.

Und dann gibt es die, von denen gesagt wird, daß sie sich anpassen. So oder so. Keine Machthaber, auch keine Revolutionäre, auch keine Einzelgänger, Normalbürger. Mit den hundertsiebzig ziemlich ähnlichen Daten auf den Datenbänken.

Was wollen Normalbürger? Vielleicht noch das Beste. Ein bißchen leben. Wer ein bißchen leben will, will meistens nicht unbedingt Macht. Ruhe genügt. Ab und zu auch Ansehen. Jedenfalls keine üble Nachrede.

Aber auch unter Normalbürgern habe ich wenig Freunde. Zu wenig Ansehen. Irgendeine Nachrede. Vielleicht keine üble, eher komische; aber auch komische Nachrede stört. Und ruhig bin ich auch nicht. So gesehen, stellen auch Normalbürger eine Macht dar.

Es ist schwierig, bei einem Normalbürger abends um zehn zu schellen und sich ein bißchen zu unterhalten, es sei denn, man kennte sich schon. Er ist irritiert. Er will sich nicht über das unterhalten, was gerade im Fernsehen zu sehen war. Mit einem Wort: Man wirkt verdächtig, wenn man gern unter Menschen ist.

Ab und zu war ich abends in einer Stadt, die ich nicht kannte. Weil am nächsten Tag eine Tagung beginnen sollte. Hotelzimmer sind ja meistens Einzelzimmer, jedenfalls, wenn man alleine vorgemerkt

ist. Am Anfang hatte ich zwei Whiskylieblings-
marken, Ballantine und Black and White. Das hatte
ich in Holland angefangen. Im Winter. Ich be-
suchte verschiedene Feministinnengruppen. Aber
ich vertrug den Whisky nicht so gut. Irgendwann
hätte jedenfalls ein Punkt kommen müssen, wo ich
aufhörte. Den fand ich aber nicht. Das war dann
schwierig am nächsten Morgen. Da beschloß ich,
unter Menschen zu gehen.
Die Menschen, die sich am wenigsten wunderten –
habe ich schließlich herausgefunden –, die waren
die, die in gar keinem Haus saßen. Man konnte sie
nicht mit der Schelle stören. Sie hatten keine Schelle. Beim Fernsehen auch nicht. Sie hatten
keine Fernseher. Sie saßen zum Beispiel in Bahn-
hofsgaststätten oder in Bahnhofswartesälen – aber
wollten keinen Zug mehr bekommen – oder standen vor diesen Häusern, manchmal in Bahnhofs-
vierteln, jedenfalls in Frankfurt, wo man für eine
halbe Stunde oder weniger eine Frau haben kann.
Mich konnten sie natürlich nicht haben. Jedenfalls,
ich wollte lieber etwas anderes mit ihnen tun. Nicht
allein sein. Aber manchmal ging das.
Es ging auch einmal mit einer Frau. So einer Frau.
Besser als mit den Frauen, die in meine Emanzipationskurse kamen, obwohl ich auch da sehr oft
nicht allein war, zumindest später nicht mehr, als
ich nicht mehr so tat, als säße ich auf dem Kirschbaum, und offen zugab, daß Emanzipation immer
scheiterte. Die Frau war so schön, daß ich gewünscht habe, ich wäre ein Mann und dürfte den

Kopf auch ein wenig in ihren Schoß legen. Aber sie wollte reden. Also redeten wir. Und waren nicht allein. Vielleicht ist es doch gut, daß er mich ins Freie gestellt hat und immer noch stellt.

X

Da war auch eine Liebe. Es war eine Liebe. Er hatte eine Flasche Wacholderschnaps getrunken. Aber den Handkuß hat er trotzdem noch hingekriegt. Und der Handkuß war wichtig.
Beim Blinzeln kann man auf dem Stuhl sitzen bleiben. Beim Handkuß muß man aufstehen.
Aber ich muß hier etwas erklären, wenn es noch unklar wäre. Ich fürchte Männer. Jedenfalls solche, die sich auf Handküsse verstehen. Ärzte, Verleger, Manager, Politiker, ganz gelegentlich auch Geistliche. Jedenfalls habe ich von Angehörigen dieser Berufsgruppen schon Handküsse bekommen. So etwas übersteht man zwar.
Einen Handkuß bekommt man, weil man eine verheiratete Frau ist oder gut ausgeschlafen oder weil es sich so gehört. Es gibt ja auch festliche Anlässe, bei denen es sich unbedingt gehört.
Hier handelte es sich um keinen festlichen Anlaß. Es bestand keine Veranlassung. Es gehörte sich nicht einmal.

Das war in Iserlohn. Von Iserlohn ist es nicht weit zur Autobahn.

Auf dem Marktplatz von Iserlohn blühten kleine rosa Mandelbäume. Das war hübsch. Ich hatte den ganzen Tag noch nichts gegessen, und jetzt war es Abend. Er saß an seinem Tisch, und die Wacholderschnapsflasche war leer.

Ich setzte mich an einen Tisch und bestellte Gulaschsuppe.

Als ich im Türrahmen stand, eine Viertelstunde später, stand er neben mir. Vorher war er an meinen Tisch gekommen, um mir den Handkuß zu geben.

Draußen stand sein Mercedes. Im allgemeinen halte ich selber an und lasse mich nicht einfach mitnehmen. Aber jetzt ließ ich mich mitnehmen. Auch weil er den Handkuß nach dem Wacholderschnaps noch hingekriegt hatte. Auch weil ich ja nur die Männer wirklich fürchte, denen das Leben gelingt.

Ihm gelang es auch, aber nicht so ganz.

Aus Iserlohn fuhren wir Richtung Autobahn. Und auf der Autobahn bis Hagener Kreuz. Von da hätte ich Richtung Lüdenscheid–Meinerzhagen gemußt, aber wir fuhren Richtung Münster.

So etwas erklärt sich schwer. Es war sein Gesicht. Meins sieht auch so aus, wenn ich traurig bin. Alle Gesichter sehen so aus, wenn sie traurig sind.

Er war Unternehmer, aber seine Frau hatte das Geld in die Ehe gebracht. Schon sein Schwiegervater war Unternehmer.

Ich bin nicht sicher, daß seine Traurigkeit und meine Traurigkeit ganz die gleiche war.

Aber wenn Gesichter nur noch aus Traurigkeit bestehen, ist die Traurigkeit wirklicher als der Grund für die Traurigkeit.

Er wollte ein Abenteuer mit mir. Dicht vor dem Hagener Kreuz. Ich eigne mich nicht für Abenteuer. Ich bin ja verheiratet, außerdem glaube ich nicht an Abenteuer. Aber ich wollte, daß er eins hat.

Ich wollte, daß er noch einmal so aufsteht, wie er aufstand, um an meinen Tisch zu kommen, ich wollte, daß er pfeift, daß er sein Auto stehen läßt und einfach so die Landstraße weitergeht. Das Land hier herum ist ja flach.

Hinter Bergkamen sind wir ausgestiegen. Noch immer hell draußen. Sechzehnter Mai.

Ich habe eine Cordhose an. Ich weiß nicht, was ich tun soll. Ich halte seinen Kopf zwischen meinen Handflächen.

Da lacht er. Wie viele Falten ein Gesicht macht, wenn es lacht!

Ich sage: «Du mußt nur immer weiter geradeaus gehen.»

Er kaut auf einem Grashalm. Zweifel. Aber nicht arg. «Und dann?»

«Dann bin ich weg.»

«Dann bist du weg», sagt er auch und dreht sich um und geht, einfach so, wie ich es mir gedacht hatte.

XI

Das ist auch eine andere Liebe. Die geht nur auf einem Seil; so kompliziert ist sie. Aber auf dem Seil kann man Trompete blasen. So kompliziert ist sie also auch wieder nicht.

Man muß das Seil über die Straße spannen. Darunter her können die Leute gehen. Es ist keine Eheliebe. Nicht zum Kuscheln, nicht, um miteinander in ein Federbett zu gehen, nicht, um miteinander in ein Haus zu gehen. Er ist zu berühmt, er paßt nicht in Häuser.

Wenn ich ein Mädchen wäre und nicht eine verheiratete Frau, wäre ich vielleicht sehr unglücklich geworden. Er bindet sich nicht an ein einzelnes Mädchen, nicht mehr jedenfalls.

Es gibt ja auch weniger berühmte Männer, die so einen Entschluß fassen. Bei ganz berühmten Männern muß man es unbedingt verstehen, jedenfalls wenn sie schöpferisch sind, das heißt auf Einfälle warten.

Trotzdem wäre ich vielleicht auch dann unglücklich geworden. Ich hätte keine Einfälle gehabt, außer dem Einfall, den Gott hatte, als er mich zur Welt kommen ließ. Er hat mich als Mädchen zur Welt kommen lassen.

Das hätte mich auf die Idee gebracht, daß ich mich meinem berühmten Freund hingeben könnte. Und er hätte es vielleicht erlaubt, ich bin fast sicher. Hinterher hätte er mir Hammelfleisch zu essen gegeben, und es wäre mir gut gegangen.

Nun wäre ich aber ja nur ich gewesen, nur ein einziger Einfall, nicht schlechter als andere Einfälle, die Gott hat, aber eben nur einer davon. Ich hätte, auch wenn ich noch so sehr darum gebeten hätte, keine roten Haare bekommen, auch keine ganz weiße Haut. Meine Haut ist ein bißchen braun, immer schon. Auch keine sehr großen Brüste. Ich wäre vielleicht sogar nicht einmal einen Zentimeter mehr gewachsen. Das kommt ja vor.

Dann wäre es mir weiter gut gegangen. Es ist nicht so, daß er mir nichts mehr zu essen gegeben hätte. Er hätte mir auch etwas zum Anziehen gekauft, wenn es Winter geworden wäre. Und wenn ich von fremden Männern vergewaltigt worden wäre, wäre er sehr dagegen gewesen, das weiß ich genau. Er ist nicht zu Unrecht berühmt. Er ist öffentlich gegen jedes Unrecht, auch heimlich. Ich glaube, daß er auch heimlich Gutes tut. Ich wäre stolz auf meinen Freund gewesen.

Aber ich wäre trotzdem unglücklich geworden. Es hätte mir nicht genügt, daß er gut zu mir ist. Ich meine, das hätte mir schon genügt, aber ich hätte mir gewünscht, daß ich ihm auch genüge.

Und wenn da nun eine Dame gekommen wäre mit weizenblondem Haar und ganz weißer Haut, und groß und überhaupt üppig und mit allem, was ich nicht habe, hätte ich mich sehr geschämt. Und hätte es Gott vorgeworfen, daß er nur einen so dummen kleinen Einfall hatte, als er mich machte, so daß ich mit seinem Einfall meinem berühmten Freund damit nicht genügen kann.

Wenn mein Freund das gehört hätte, zufällig, weil er gern Gebete belauscht, hätte es ihm gefallen, daß ich lieber Gott zur Rede stellte als ihn. Er wäre ganz leise treppab gegangen, und dann hätte er sich vorgestellt, wie schön er es in ihrem Schoß hat.

Aber dann wäre es doch passiert. Ich hätte ihn zur Rede gestellt: «Du bist also einer, der mit Weibern geht.»

Und er hätte gefragt: «Was?»

Und ich hätte wiederholt: «Der mit Weibern geht.»

Und er hätte gesagt: «Wenn du bei mir bleiben willst, mußt du lernen, den Mund zu halten.»

Aber ich bin überzeugt, das hätte er nicht so direkt, sondern mehr sinngemäß gesagt.

Und nach einer kleinen Weile hätte er gefragt: «Sag, was hast du eigentlich in diesem Kopf?»

In diesem Kopf hätte ich nicht eben viel gehabt. Mehr Krauses. Und zum Schluß wäre er mir ganz wirr gewesen. Er wäre immer öfter weggegangen, und manchmal wäre auch ich weggegangen, wenn ich es nicht mehr ausgehalten hätte. Aber ich wäre doch immer wieder gekommen, um zu gucken, was er macht. Und das hätte er ganz selbstverständlich gefunden. Mit der Zeit hätte ich auch ein bißchen Trompete blasen gelernt. Das hätte ich auch dann noch gekonnt, wenn er ganz weit von mir weggegangen wäre. Das hätte er getan. Und ich hätte ihn nicht mehr wiederfinden können. Ich hätte noch ein bißchen Trompete geblasen und wäre dann gestorben.

Einmal, aber das wäre viel später gewesen, wäre es

ihm wieder eingefallen, wie es klang, wenn ich Trompete blies. Nicht so sehr besonders, hätte er sich erinnert. Aber es wäre ihm doch etwas dabei eingefallen. Ich.

Dann wäre er an den Strand gegangen und mit den Schuhen ein bißchen ins Wasser hineingegangen. Und hätte dabei ganz vergessen, daß er ein berühmter Mann ist. Auch nachher, wenn ihm das wieder eingefallen wäre, hätte er noch sehr allein am Wasser gesessen.

Aber so ist es nicht. So wäre es nur gekommen, wenn ich ein Mädchen gewesen wäre und keine verheiratete Frau.

Er behauptet, daß es so gekommen wäre: «Du hast mich an einen italienischen Film erinnert: ‹La Strada›.»

Ich habe den Film nicht gesehen. Ich weiß nicht, wie lautlos Schnee fällt. Ich kenne das Mädchen nicht.

Ich habe mir das Drehbuch gekauft. Ich weiß immer noch nicht, wie lautlos Schnee fällt. Vielleicht muß man es sehen. Aber das Mädchen, das bin ich vielleicht doch. Das könnte ich gewesen sein.

Ich habe es natürlich abgestritten. Nicht ganz, aber doch überwiegend. Es gibt so viele Mädchen, die an berühmten Männern gestorben sind. Auch wenn ich keine verheiratete Frau wäre, würde ich nicht einem berühmten Mann zuliebe sterben wollen. Auch wenn ihm danach ein neuer Film einfiele oder ein neues Buch. Im zwanzigsten Jahrhundert sind Frauen keine Musen mehr.

Allerdings, wenn es nicht nur um den neuen Film ginge oder das neue Buch. Wenn er einfach erlöst werden müßte. Wenn Männer auch noch im zwanzigsten Jahrhundert von Frauen erlöst werden müßten. Berühmte Männer natürlich noch etwas mehr; sie sind ja noch erlösungsbedürftiger.

Am besten ist, ich kaufe mir Literatur. Literatur über Genies. Wie leben Genies? Was brauchen Genies?

«Haben Sie etwas über Genie und Frau im zwanzigsten Jahrhundert?» «Ich meine», ergänze ich, als mich der Buchhändler vernichtend ansieht, «natürlich männliches Genie, also wie sich Frauen zu männlichen Genies verhalten sollen – heute.»

Da guckt er unverschämt. Ich schäme mich. So geht es nicht.

Ich schreibe ihm einen Brief. Der ist so kraus, daß er ihm natürlich recht gibt. Ich würde schon noch an ihm zu sterben lernen, auch wenn er es mir nicht zumuten will.

Ich betrachte mich im Spiegel und bin im Zweifel. Ich bin eine emanzipierte Frau. Aber ich habe auch ein hohes Kunstverständnis. Frauen müssen ein hohes Kunstverständnis haben. Schließlich haben die Männer für uns die Kultur gemacht. Außerdem: In der Welt existiert nichts ohne Opfer. Wenn Gott nicht seinen Sohn geopfert hätte, gäbe es keine Menschheit mehr. Wenn Frauen keine Musen mehr sein wollen, gibt es keine Kunst mehr.

Am besten ist, ich kaufe mir Literatur über Musen.

Es gibt verschiedene Musen. Musen in der Art von

Frau von Stein. Das ist allerdings die Art Muse, zu der ich weniger Zugang habe. Musen in der Art der dicken Margot. Aber ich bin nicht dick. So oder so wäre ich unglaubwürdig.

Ich schreibe ihm einen zweiten Brief: Alle Musen, die es gibt, kann ich nicht sein.

Und da er eine längere Zeit nicht antwortet, fühle ich mich überhaupt unwürdig, eine Muse zu sein.

Dann spreche ich mit einem Geistlichen. Ich spreche ja manchmal mit Geistlichen, jedenfalls immer dann, wenn ich nicht mehr weiter weiß. Er sprach von der Macht des Teufels. «Auch im Genie?» habe ich gefragt.

«Gerade im Genie», hat er bestätigt.

Und da ein Genie so viele Menschen anspricht, ist es sehr wichtig, es rechtzeitig vom Teufel zu befreien, sonst werden diese vielen Menschen in die Irre geführt.

Das leuchtete mir ein. Gretchen hatte Faust ja auch retten müssen. Dem Teufel verfallene Seelen konnten überhaupt immer nur von ganz reinen Mädchen gerettet werden. Aber ich hatte ihm doch auf der Buchmesse gesagt, daß ich verheiratet bin und zwei Kinder habe. Ich konnte nichts für ihn tun. «Vielleicht ist er ja auch gar nicht dem Teufel verfallen», dachte ich, bevor ich einschlief.

Aber in der Nacht schlief ich schlecht. Ich wußte es eben nicht genau, ob ich nicht vielleicht doch rein genug für ihn war. Im zwanzigsten Jahrhundert sind ja die Maßstäbe etwas anders. Und ob er nicht vielleicht doch dem Teufel verfallen war.

Aber am Morgen war ich gewappnet. Ich schrieb den dritten Brief: «Ich glaube nicht, daß du ein Teufel bist.»

Natürlich hat er mir nicht mehr widersprechen können; wer gibt das auch gern von sich zu?

Außerdem glaube ich es wirklich nicht. Ich habe ihn sogar im Verdacht, bis auf diese kleine Schwäche ein ausgesprochen guter Mensch zu sein, also einer, der auch heimlich Gutes tut. Ich weiß es sogar.

Deshalb hat diese Geschichte noch eine dritte Ebene. Ich sagte ja, daß es eine komplizierte Geschichte ist. Andererseits auch wieder nicht. Aber das muß ich vom Seil herunter sagen. Ich bin nur einmetersiebenundsechzig groß. Unten auf der Straße sind die meisten Leute größer. Ich will auch lieber meine Trompete nehmen, für den Fall, daß man mich nicht hört. Ich wollte eigentlich nur sagen: «Ich liebe ihn.»

XII

Ich habe überhaupt den Verdacht, daß die Welt eine heimliche Liebesgeschichte ist. Aber sie verheimlicht das. Das macht sie krank. Wie krank, zeigen die Schlagzeilen, die die Welt macht.

Es ist immer dieselbe Krankheit. Die internationale Presse ist voll davon. Sie heißt «Nicht das Gesicht verlieren».

Während der Kuba-Krise drehte ich micht auf meinem Klavierstuhl. Hoch. So hoch er sich drehen ließ. Ich glaubte nicht, daß einer von beiden, der Welt zu liebe sein Gesicht verliert. Chruschtschew nicht, Kennedy nicht. Ich mochte nicht mehr Muzio Clementi spielen.

Es ist ja so, man setzt immer das Gesicht auf, von dem man annimmt, daß es zu einer Situation paßt. Zu Krisensituationen passen keine entspannten Gesichter.

Onkel Julius war bei der Post. Jeden Sonntagmorgen lief er durch den Stadtwald. Wenn man durch den Stadtwald läuft, lebt man länger. Aber außer Onkel Julius selbst hat das niemand interessiert, nicht einmal seinen Bruder. Onkel Julius war Junggeselle. Seine Schwägerin mochte ihn nicht. Auch kein Kind mochte Onkel Julius. Es mochte ihn überhaupt kein Mensch. Aber jeden Sonntagmittag kam Onkel Julius zu seinem Bruder und seiner Schwägerin und deren Kindern zum Mittagessen. Und sagte, wie schön er durch den Stadtwald gelaufen wäre. Er machte auch das passende Gesicht dazu. Wenigstens sein Gesicht mußte ja zeigen, wie schön Onkel Julius durch den Stadtwald lief. Und wie schön es war, daß er dadurch länger lebte.

Martha Baer war verlobt. Mit einem Herrn Kürthens. Nach einem Jahr entlobten sich Herr Kürthens und Martha Baer. In der Zeitung stand: «Meine Entlobung mit Fräulein Martha Baer gebe ich bekannt. Egon Kürthens.»

Als ich Martha Baer auf der Straße traf, hatte ich

ein heißes Gesicht. Ich wollte nicht hochgucken, aber Martha Baer sprach mich an und sprach laut von dem Verlobten ihrer Freundin Theresia Schunk. Da wäre sogar schon etwas Kleines unterwegs. Sie wolle gerade zu Lene Bastians Wolladen. Die arme Theresia!

Siglinde Hübscher hatte Brustkrebs und sollte eine Brust verlieren. Sie hat nicht geweint.

Ein Mann hat Post erwartet. Es ist keine gekommen.

Das alles ist entschieden dumm. Für was wahrt man sein Gesicht?

Als ich schon länger durch die Welt gestrolcht war, war sie mir nicht mehr fremd, jedenfalls da nicht, wo man sich zublinzeln konnte, blitzschnell, und das kann man öfter, als man denkt.

Ich habe einmal Striptease getanzt. In Düsseldorf und Köln, auch in Wuppertal. In Wuppertal bin ich danach Schwebebahn gefahren. Frühmorgens. Ganz allein. Sehr viele Hinterhöfe. Fabriken.

Sich ausziehen kann doch nicht schwierig sein, hatte ich gedacht. Aber so ist das nicht. Es kann sehr schwierig sein, auch wenn man sich gar nicht ganz auszieht, jedenfalls nicht nackt. Und außerdem, wenn man dann niemanden findet, dem man zublinzeln kann. Es gibt immer noch diesen geschlechtlichen Ernst. Ich besitze ihn nicht so ganz. Deshalb könnte ich auch keine Stripteasekarriere machen, wie ich überhaupt keine Karriere machen kann. Für jede Sache braucht man den nötigen Ernst.

Mein Ernst ist anderswo. Die Türkenfamilie im Supermarkt. Die Frau hat ein Kopftuch an, der Mann hat das Kind auf den Schultern. Sie sehen stolz aus. Sie gründen sich eine Existenz. Es ist gut, daß Deutschland eine Wirtschaftsmacht ist. Einen Moment lang, so lange, wie ich der Türkenfamilie nachsehe, ist es gut.

Es gibt dann auch Menschen, nicht nur Kinder, die haben überhaupt nicht gelebt. Das können vielleicht nur diejenigen wissen, die ab und zu leben.

Bevor alte Menschen sterben, weinen sie meistens. Sie wissen es also. Mein Vater hat auch so geweint. Mein Schwiegervater wußte ein Jahr lang, daß er stirbt. Da hat man auch Zeit, um zu weinen.

Aber deshalb weine ich nicht. Die, die es wissen, können ja für sich selber weinen. Nur die anderen nicht. Denen kein Mensch gesagt hat: «Schönes Kleid hast du an. Guck mal, halt mal den Schirm.» Damit komme ich nicht zurecht. Etwas könnte sein, aber es ist nicht. Manchmal wäre es nur ein Satz gewesen. Hat ihn aber keiner gesagt. Manchmal ist es auch ein Essen, man hat es aber nicht bekommen. War man das Fräulein von nebenan, das jetzt gestorben ist. Wenn es nicht gestorben wäre, wäre gar nicht sicher gewesen, daß es gelebt hat. Gab es den Gemischtwarenladen, den es dann nicht mehr gab.

Da überall ist mein Ernst. Mit diesem Ernst kann man nichts werden. Für alles, was man werden kann, braucht man ein Gesicht: ein Reportergesicht, ein Abgeordnetengesicht, ein Lehrergesicht, ein Apothekergesicht, ein Kriminellengesicht, ein Theologengesicht, ein Revoluzzergesicht, ein Sozialliberalengesicht, ein Christdemokratengesicht.

Man muß dann ein für allemale zu seinem Gesicht stehen. Ich habe es versucht. Ich kann es nicht. Immer war gerade etwas anderes wichtig. Das paßte nicht zu dem Gesicht. Dann ließ ich das Gesicht. Und setzte mich zu dem anderen. Auf eine Parkbank. Oder einen Sitz in der Straßenbahn. Oder auf einen Barhocker.

Zuhören ist ganz einfach. Erzählen ist auch einfach. Nur ein Gesicht haben ist schwer. Seit ich das weiß, will ich auch gar keins mehr haben. Es gibt Tage, da regnet es. Sonnentage gibt es auch. Und dazwischen sind sich alle Menschen sehr ähnlich. Manchmal würden sie gerne die Arme ausbreiten und fliegen. Alle sollen zusehen. Manchmal möchten sie vom Erdboden verschluckt werden. So sehr schämen sie sich.

Ich weiß nicht, ob ich noch eine Liebesgeschichte erzählen soll. Er war impotent und erzählte es mir. Ich bin ja kein Mann. Ich kann es mir also nicht so richtig vorstellen. Außerdem hatte er ein Holzbein, aber nur das Unterbein vom Knie ab war aus Holz. Er war Architekt. Das war auf einer Silvesterparty. Ich gehe nicht gern zu Silvesterparties, ich will nicht nur einen Tag im Jahr über die übrigen Tage nachdenken. Und dann hat man auch immer schon den Kopf voll Rum. Das war ein Bungalow. Ich hatte ein Abendkleid an, aus indischer Baumwolle, fußlang. Mein Mann war nicht bei mir. Die Gastgeberin versuchte, ihn zu küssen.

Um zwölf ging alles nach draußen. Die Sache mit den Raketen. Außerdem war es ein schöner Garten. Viele Bäume mit Schnee. Ich blieb bei ihm, ich wußte ja, er hatte das Holzbein.

Da erzählte er mir die Geschichte von seiner Impotenz. Er hatte alles versucht. Medikamente, Frauen, Psychiater. «Wären Sie denn gerne einer bestimmten Frau zuliebe nicht impotent?» habe ich ihn gefragt. Er hatte eine Frau, aber ich glaubte nicht, daß er ihr zuliebe gerne nicht impotent gewesen wäre.

Da dachte er wohl, ich wolle ihn verführen. Jedenfalls sah er mich an. Vorher hatte er mir nur seine Geschichte erzählt und mich eigentlich nicht angesehen. Er hatte ein blasses Gesicht. Bißchen intellektuell, Mitte Vierzig.

«Nein, wieso?»

«Weil es sonst ja gar nicht traurig für Sie sein muß», sagte ich.

Da stand er auf und gab mir ein Glas Sekt in die Hand und hatte selbst eines in der Hand und machte eine Verbeugung. Eine Verbeugung. Und dann hat er mich geküßt, gerade als alles aus dem Garten zurückkam. Mein Mann sah unlustig aus. Aber den anderen gefiel es. Sie waren eine halbe Stunde draußen gewesen. Aber außer Lärm war trotzdem nichts passiert. Nur wir beide waren interessant. Wir waren ja innen geblieben.

Dann sind nur wir in den Schnee hinausgegangen. Mein Mann war dagegen. Da er mir immer treu ist, will er, daß auch ich ihm immer treu bin. Das wollte ich ihm auch bleiben. Aber deshalb konnten wir ja trotzdem in den Schnee gehen.

Im Schnee hat er laut gedacht. Jedenfalls eine leidenschaftliche Liebeserklärung gemacht. Die galt mir. Aber das habe ich erst später gemerkt, als alles auseinanderging und die Party zu Ende war.

Da sah er so traurig aus, daß ich es begriff. Mein Mann stand am Garderobeständer. Da habe ich ihn blitzschnell ins Bad gezogen und hinter uns zugeschlossen. Und Knopf für Knopf aufgemacht und es herausgeholt und geküßt. Es sah gar nicht impotent aus. Aber von außen kann man so etwas ja nicht beurteilen.

Dritter Teil

I

Als ich lange Zeit im Freien gestanden hatte, wurde es mir zu kalt. Jedenfalls damals, als ich nicht mehr glaubte, daß er mich liebt.

Heute gehe ich auch wieder ins Freie. Aber anders. Das ist so, seit er weiß, daß aus mir nichts werden kann. Er hat es akzeptiert.

Aber vorher hatte ich die Schlaftabletten genommen. Das war in Rodenkirchen. November 1973. Ich hatte die BAT-Stelle ausgeschlagen. Mein Mann und ich gingen am Rhein spazieren. Aber nicht oben auf der Allee, sondern unten, wo der Kies ist. Außerdem war es kalt. Wie es eben im November ist: mehr naß als kalt, deshalb noch kälter.

Das Paradies hatten wir nicht gefunden. Er hatte ein Graduiertenstipendium und verstand mich nicht. Ich hatte lieber mit zweihundert Mark in seinem Graduiertenstipendium enthalten sein wollen, als selbständig eine BAT-Stelle zu haben. Ich hatte sie abgelehnt. Außerdem wollte ich noch ein Kind.

In Rodenkirchen sprach er vom Ernst des Lebens. Aber er sprach schon seit einem Monat vom Ernst des Lebens. Deshalb hatte ich ja auch vorsorglich die Schlaftabletten genommen. Diesem Ernst hatte ich nichts hinzuzufügen. Es würde also unser letzter Spaziergang.

Außerdem hatte ich vergessen, meine Schuhe besohlen zu lassen. Da kamen die Kieselsteine durch. Die Schlaftabletten hatte ich in Cola aufgelöst getrunken und Pommes frites dazu gegessen.

Die BAT-Stelle wäre in der Erwachsenenbildung gewesen. Aber ich kann keine Erwachsenen bilden. Jedenfalls nicht von montags bis freitags. Außerdem hatte ich bei der Frauenbildungsarbeit, jedenfalls seit einiger Zeit, immer viel Gewicht auf die Fälle gelegt, wo Emanzipation scheiterte oder sonst zu traurigen Ergebnissen führte.

Einrichtungen der Erwachsenenbildung, die nicht direkt zu der Weiterbildung, sondern der Allgemeinbildung dienen, werden ja meistens vom gehobenen Mittelstand besucht. Da darf Emanzipation ruhig scheitern. Aber manchmal auch nicht. Es gab dann auch die Frauen, die trotzdem berufstätig wurden. Wenn mir wieder so ein Fall zu Ohren gekommen war, war ich niedergeschlagen. Nur einmal hatte es in einem solchen Fall zu tatsächlichem Selbstmord geführt. Und es war auch nichts mehr zu machen gewesen. Aber die Erinnerung an diesen Fall verblaßte, es kamen auch neue Kursteilnehmer.

Ich begann meine Seminare gern mit dem Schleiermacher-Zitat von der schlechthinnigen Abhängigkeit des Gefühls, also der Frömmigkeit. Außerdem war ich nicht nur bei Frauen gegen die Idee der Autarkie. Schleiermacher war ja schließlich ein Mann. Ich bin davon überzeugt, daß Gott alles an ein gutes Ende führt, auch wenn es nach einem schlimmen Ende aussieht. Jedenfalls wäre Gott überflüssig, wenn die Menschen alles alleine könnten. Schon deshalb, um Gott nicht zu kränken also, sollten sie nichts alleine können. Außerdem ist sonst die Idee der Gnade in Frage gestellt. Ich bin aber ein getaufter Christ.

Großvater war Jude. Großmutter Jüdin.

«Gehe aus deinem Land und aus deiner Verwandtschaft und aus deines Vaters Haus in ein Land, das ich dir zeigen will» (1. Mose, 12,1).

Gott will eben nicht, daß man andere Dinge über ihn stellt, auch keine BAT-Stellen. Er hat das letzte Wort. Für getaufte Christen und Juden. Schließlich haben beide die gleiche Wurzel: die hebräische Bibel.

Auch Tante Wiesenthal war Jüdin. Aber sonst waren wir alle protestantisch. Nur mein Vater nicht. Der wäre am liebsten schon in der Bartholomäusnacht katholisch geworden. Er kommt aus einer Hugenottenfamilie. Hugenotten sind französische Protestanten. Jedenfalls, wenn meine Großmutter väterlicherseits meinem Vater nicht so viel vom Cevennenkrieg erzählt hätte – das war der letzte Hugenottenkrieg –, wäre er auch nicht katholisch geworden.

Einige Familienmitglieder meiner Familie väterlicherseits erhielten später die staatliche Duldung. Andere sind schon vorher nach Deutschland geflohen. Man muß eben warten können. So ging meine Großmutter väterlicherseits in fremden Häusern Wäsche waschen.

Schlaftabletten wirken schnell. Außerdem waren die Blätter an den Bäumen ganz gelb. Neben dem Kies verlief noch ein Fußweg unterhalb der Allee mit den Bäumen. An diesem Fußweg entlang standen Bänke, in Abständen.

Seine Zukunft war klar. Meine auch. Wie ich vernünftig geworden wäre. Wir hätten zwei BAT-Stellen. Dann könnte auch noch ein Kind kommen.
«Ich will einen Wohnwagen», sagte ich.
Er beachtete es nicht.
«Zwei BAT-Stellen, das ist doch eine Ausgangsposition.»
«Onkel Pello hat Platz», sagte ich, «wir könnten die Möbel bei ihm unterstellen.»
Jetzt sah er mich an.
«Ich will ein bißchen sitzen.»
Er fand es zu kalt: «Du kannst dir den Tod holen.»
«Der hat mich schon geholt», sagte ich.
Da ging er mit mir zu einer Bank. Wir setzten uns. Er verfolgte mit den Augen einen bestimmten Punkt. Irgendwo geradeaus. Wie damals beim Schneefall. Wie manchmal, aber ganz selten, in den Feldern um das kleine Haus. In der Stadt hier hatte er öfter so geguckt. Anfangs nicht. Zwischendurch immer wieder nicht. Er konnte es ganz vergessen. Dann fürchtete ich mich nicht, faßte nach seiner Hand, wir gingen. Nur wir. Aber das wurde seltener. Zum Schluß war es zum Zählen selten. Er arbeitete in einem Verlag. Vier Jahre. Jetzt hatte er das Graduiertenstipendium. Danach würde er im-

mer irgendwo weg sein. Es war umsonst. Außerdem hatte ich ihn nur enttäuscht.

«Der Sinn des Lebens», begann ich, aber dann fiel mir nichts mehr ein. Eben hatte ich es noch gewußt. Es rauschte. Wo rauschte es? War das mein Kopf?

Das Rauschen gefiel mir. Es plumpste. War das ich? Ich wurde weggerauscht. So einfach ist das. Jetzt ist alles klar. Seine Zukunft. Meine Zukunft.

Ich muß ihn mir noch einmal ansehen. Wieder fehlt ein Knopf. Aber an seinem Mantel, nicht an seinem Hemd. Wenn ich ihn doch noch eben angenäht hätte! Auch in eine klare Zukunft muß man ordentlich gehen. Nur ins Paradies kann man knopflos gehen.

«Wenn du dich bewirbst, näh' vorher den Knopf an», sage ich.

Da sieht er mich an. Mich. Nicht seine Zukunft. Ich habe es noch ganz deutlich gemerkt.

II

Nach dem November kam der Dezember. Er liebte mich. Alles war wieder möglich. Für Januar hatten wir den Wohnwagen.

Sechs Jahre waren wir in der Stadt gewesen. Jetzt würden wir wieder gehen.

Aber es hat dann noch bis Mai gedauert, bis der

Fliederbaum vor unserem Haus blühte, daß wir unser Haus fanden. Davor allerdings waren wir in der Stadt noch zweimal umgezogen, in immer größere Wohnungen.

Die Möbel hatten wir untergestellt. In einem Keller. Der war sehr groß und gehörte einem Angestellten des Otto-Wolff-Konzerns in Köln. Das ist ein Unternehmen der eisenschaffenden Industrie.

Er war leitender Angestellter und außerdem mein Onkel. Mit dem Nachnamen gehörte er dem Adel an. Mit dem Vornamen hieß er einfach Onkel Pello. Das kam daher, daß er als Kind Cello spielen lernen wollte.

Wir waren ganz für uns in der leeren Wohnung. Unsere Tochter war im November gerade fünf geworden. Nachts schliefen wir zu dritt auf einer Gummimatte.

Zu Weihnachten kam Besuch. Wir hatten einen hohen Tannenbaum. Es war ja eine Altbauwohnung. Es kamen unsere gleichaltrigen Freunde, ein Ehepaar mit Tochter, beide mit BAT-Stellen. Onkel Pello mit seiner Frau. Mein Vater. Meine Mutter hatte gefunden, wenn wir doch nicht mehr eingerichtet wären ... Der Hauswirt, das war ein aufgeschlossener Mann. Er wählte auch liberal und hatte schon einen Nachmieter für Januar. Außerdem noch zwei Junggesellen, freiberuflich beim Westdeutschen Rundfunk beschäftigt. Sie planten seit sechs Jahren eine Reise um die Welt. Aber auch freiberufliche Menschen trennen sich manchmal von ihren Freiberufen schwer.

Nur mein Vater war ganz auf unserer Seite gewesen. Die Moralität weiß eben genau, wie das ist mit dem Glück. Und außerdem war er ein Künstler, wenn auch nur ein Pianist, und auch das nur, bis er Professor an der staatlichen Musikhochschule geworden war. Er saß jedenfalls auf einer Ecke der Gummimatte und zog seiner Enkelin die Perlenkette wieder auf – die riß immer so leicht – und pries die Vorteile eines Wohnwagens.

Ein Wohnwagen rollt. Ein Haus steht fest.

Onkel Pello hatte Wein mitgebracht. Aus dem gleichen Keller, in dem jetzt unsere Möbel standen. Draußen fiel Schnee. Das war der Winter, in dem es auch noch im Januar im Park geschneit hat.

Ich war wieder ganz erholt und sehr schön angezogen. Auch mein Mann war schön angezogen, und unsere Tochter auch. Es war durchaus weihnachtlich. Außerdem hatten wir die Küche noch nicht ausgeräumt. Da hatten wir auch das Weihnachtsessen vorbereitet.

Später saßen wir alle um den Küchentisch. Hasenbraten mit Rotweintunke.

«Zuerst fahren wir nach Avignon», sagte ich.

Großmutter war damals mit Grete von Paris aus über Auxerre, Vienne, Orange nach Avignon gefahren. Zur Zeit des Babylonischen Exils, also von 1309 bis 1377, sind auch die Päpste nach Avignon gegangen.

Die freiberuflichen WDR-Redakteure rieten uns allerdings von Avignon ab. Sie schlugen Neuseeland vor. Unsere Freunde mit den BAT-Stellen empfahlen Schottland, Onkel Pello Dabringhausen. Da hat er auch sein Wochenendhaus. Unser Hauswirt die Schnee-Eifel, aber die kannten wir ja schon.

Mein Vater summte: «Sur le pont d'Avignon, on y danse tout en rond.»

«Deine Mutter macht sich Sorgen», sagte er.

Dann wischten alle mit dem weichen Brot die Hasentunke von ihren Tellern ab. Dann sang unsere Tochter Julia ein Weihnachtslied: «Auf dem Berge, da wehet der Wind.» Marias Stimme sang sie hell, Josefs Stimme sang sie dunkel. Dann sangen wir alle noch viele Lieder.

Später begleitete mein Mann die Gäste hinaus: den Hauswirt nach oben, die anderen nach unten. Nur Julia und ich sangen weiter: «Wenn das die Mutter wüßt', daß ich erfrieren muß, sie würde grämen sich bis in den Tod.»

Dann kam er zurück und hatte noch ein Bilderbuch für sie und einen Ring für mich. Das brauchten die anderen nicht zu sehen.

Vater, Mutter, Kind, das ist ja eine Familie. Und wenn es draußen schneit, macht das drinnen nichts. Jedenfalls haben wir dann noch lange über die Welt geredet. Wie dumm sie ist. Wo Wohnwagen doch nicht teuer sind. Wir hatten nur die Eichengarnitur von Großmutter versetzen müssen. Auch einen Tisch und acht Stühle und eine Kommode und etwas Zinn. Julia hatte auch ihre Puppe angeboten. Wenn ein Kind in die Welt fährt, braucht es keine Puppen. Außerdem war es mit Vater und Mutter zusammen.

Ich hatte allein in die Welt gemußt. Als es mir wieder einfiel, war es gut, daß die Gäste schon gegangen waren: «Ich will nicht gefangen werden. In keiner Schule, keiner Fabrik, keinem Büro, keinem Kloster, keiner Kaserne, keinem Zuchthaus, überhaupt keinem Haus, auch keinem Haus der Begegnung, keinem Haus der offenen Tür.»

Da beruhigte er mich. Und Julia sagte, daß sie nie zur Schule gehen würde. Und er sagte, daß er nie mehr zur Arbeit gehen würde. Daß wir alle immer zusammenbleiben würden.

Kurz nach Mitternacht kam mein Vater noch einmal zurück. Er hatte nicht weit von uns ein Hotelzimmer. Er hatte gesehen, daß noch Licht bei uns brannte. Vor fünf Jahren war er Weihnachten auch allein bei uns gewesen. Das Kind war vierundzwanzig Tage alt. Und meine Mutter hatte sich erkältet. Sie wollte nicht auch das Kind erkälten. Da hatten wir den kleinen verwachsenen Tannenbaum. Aber unser Kind war schön gewachsen, mit allem, was man braucht, Augen, Ohren, Händen und Zehen sogar. Damals war kein Schnee gefallen. Aber es war kalt. Und oben der Mond. Schon da war mein Vater mit uns verbündet. Er war extra mit dem Zug von Konstanz nach Köln gefahren, um das Kind zu sehen.

Früher hatte ich manchmal geglaubt, mein Vater wäre vielleicht selbst der liebe Gott. Seine Haare waren ganz weiß. Außerdem erriet er immer alles und verbot, was man nicht durfte. Aber er ist dann immer nachsichtiger geworden, je älter er wurde, und er wurde sehr alt. Zum Schluß hat er wohl gewußt, daß es im Leben auf nichts ankommt als auf das Leben. Mehr auf das Leben jedenfalls als auf die Grundsätze. Die Moralität war nicht alles.

Trotzdem hat er bis ganz kurz bevor er starb, immer Schüler um sich gehabt. Die haben ihn immer noch gefürchtet, wenn sie nicht üben wollten. Ohne Übung wird keiner Meister.

«Ich will kein Meister werden», habe ich gesagt.

Aber wenn er mich angesehen hatte, dann doch, jedenfalls dann übte ich. Muzio Clementi, Czerny, Chopin. Etüden können sehr schwierig sein. Chopin-Etüden.

Als unser Kind vierundzwanzig Tage alt war, hatte mein Vater es auf dem Arm gehabt. Neugierig. Er wollte nicht mehr wissen, ob es ein Meister wird. Es war da. Auch wir beide, seine Eltern, waren keine Meister. Gott ist allen gnädig, auch denen, die keine Meister werden.

Als er gegen Mitternacht oder danach noch einmal zu uns zurückkam, hat er erzählt. Wie er ein kleiner Junge war. Unter einem Apfelbaum voll Äpfel. Sein Vater trank. Seine Mutter wusch. Seine Geschwister waren gestorben. Er durfte seiner Mutter keine Schande machen. Wenn er sich einen Apfel vom Baum holt, bricht die Welt aus den Fugen. So hat er gesagt. Denn so hat er es gedacht. Seine Mutter hatte ein ganz strenges Gesicht. Da war kein Gedanke an einen Apfel.

Aber auch mein Vater hatte eine Großmutter. Die ging mit einem preußischen Husaren, der war in Königswinter stationiert.

186

In Königswinter am Rhein liegt der «Düsseldorfer Hof». Dahin ging meines Vaters Großmutter ab und zu mit ihrem Husaren. Sie war da schon verwitwet, aber so lebenslustig, daß es ihr keiner glaubte.

Sie war die Mutter meines Großvaters väterlicherseits, also von meines Vaters Vater, der ja leider trank. Aber schon ihr Mann hatte getrunken und war dann bald gestorben. Sie verstand sich mit ihrer Schwiegertochter nicht. Dieser hugenottische Ernst. Aber ihren Enkel, den nahm sie manchmal mit.

«Die Äpfel», sagte mein Vater, «habe ich alle hängen lassen. Aber dann ist meine Großmutter gekommen und hat mich mitgenommen. Und ich habe eine Woche lang zwischen meiner Großmutter und dem preußischen Husaren gesessen und Blasmusik gehört.»

Also hatte auch mein Vater eine Großmutter gehabt. Das hatte er noch nicht gesagt.

Als er schon im Türrahmen stand, hat er den Zeigefinger an den Mund gelegt und uns zugeblinzelt.

III

Es gibt verschiedene Weisen, durch die Welt strolchen. François Villon hat es anders gemacht als der Taugenichts oder Hans im Glück. Man kann dabei auch eine Idee haben. Thyl Ulenspiegel, Sohn des Claes, geboren im Mai, hatte eine Idee. Und Nele, seine Liebste, hat in ihrem ganzen Leben nur einen Mann geliebt.

Weshalb wir unsere kleinere Tochter auch Nele genannt haben. Wenn Ulenspiegel nicht plötzlich wieder lebendig geworden wäre, um mit dem Pfarrer zu schimpfen, wäre Nele mit ihm zusammen gestorben.

Unsere größere Tochter heißt Julia. Das ist auch klar. Als Romeo tot war, wollte Julia auch nicht mehr leben. Man kann auch wie Klein-Zaches, genannt Zinnober, in der Welt sein Glück versuchen. Oder wie der kleine Muck. Aber die sind ja nicht sehr glücklich geworden.

Wir hatten einen Wohnwagen. Von Januar bis zum Mai.

Zuerst sind wir damit nach Konstanz gefahren, über Wessobrunn, dann Schongau, Kempten, Friedrichshafen.

In Konstanz war es ein bißchen schwierig. Meine Mutter verstand unsere Reise nicht. Da hat mein Mann es ihr erklärt: Die lesbische Liebe ist an allem schuld. Und sie verstand.

Wir hatten es für den Ernstfall so besprochen: Eine emanzipierte Frau, ohne Rücksicht auf die Familie, es war kein Familienleben mehr möglich, einfach so da eingebrochen, resolut, rücksichtslos, kurz: emanzipiert. Es gelang ihm sehr gut, es ihr verständlich zu machen. Manchmal traute ich meinen Ohren nicht. Alles, was er sagte, schien er selbst so empfunden zu haben.

Meine Mutter überraschte es nicht, sie hatte es ja immer schon gesagt: Das größte Glück ist die Hochzeitsnacht. Und das Leben danach. Wie hatte ich ihr das nur antun können, wo sie mich doch gewarnt hatte!

Von meinem Versuch, aus dem Leben zu steigen, wußte sie nichts. Mein Vater hatte von einer Krise gesprochen.

«Daß Großmutter auch mit uns in einer Stadt wohnen mußte, im gleichen Viertel! Aber er wollte ja nicht wegziehen.»

Mein Vater beruhigte sie. Alles in allem wäre Großmutter doch ein wichtiger Einfluß gewesen für das Kind.

«Wohin wollt ihr?»

«Nach Avignon.» Sie war verzweifelt. Tagelang riet sie mir ab. Dabei ist Avignon ja nicht nur eine Zuflucht für lesbische Freundinnen.

«Selbst die Päpste waren in Avignon, Mama, und wir sind doch eine ordentliche Familie.»

Das fand sie dann auch. Wir sahen alle drei auch sehr zufrieden aus.

«Wie heißt die Person?»

«Nanny.»

«Wie kann man sich nur so verstellen», sagte meine Mutter, «heißt Nanny und ist lesbisch!»

Schon mein erstes Buch hatte meiner Mutter nicht gefallen. Aber sie hatte nur drei Kapitel davon gelesen. Dann hat sie es in den Wäscheschrank gelegt. Ganz unten hinein.

Als wir abreisten, nahm sie mir das Versprechen ab, auch mal ein ordentliches Buch zu schreiben, mit dem Frauen etwas anfangen könnten. Wirkliche Frauen. Also ein Buch von Frau zu Frau. Über das, was uns angeht: die Kinder, der Mann.

Ich versprach es ihr. Und ich habe es auch geschrieben. Ich habe sehr viele Briefe von wirklichen Frauen dazu bekommen. Schließlich hat es ja auch eine wirkliche Frau geschrieben, denn ich halte mich für eine wirkliche Frau. Selbst wenn Großmutter ein bißchen in mich hineingeerbt hat. Auch Großmutter war eine wirkliche Frau.

Aber ich muß hier vielleicht noch etwas erklären. Es gibt mehr Tabus als man denkt. Ich war vor einem Jahr bei einer Mutter von acht Kindern. Sie hatte ganz runde Brüste, wie man sich das vorstellt bei acht Kindern, und sah auch sonst rosig aus. Ich hatte ja nur zwei. Aber ich hätte gern von Frau zu Frau mit ihr gesprochen. Ich habe mich nicht getraut. Sie hatte mich nach einem Vortrag zu sich eingeladen.

«Was diese Frauen sich herausnehmen, so einfach für uns alle zu sprechen. Es ist eine Wohltat, zu sehen, daß es auch noch andere gibt. Vernünftige junge Frauen, wie Sie.»

Vernünftige junge Frauen, wie ich.

Ich habe mich nicht geschämt. Ich war nur ein bißchen traurig. Es ist eben immer noch sehr selten, daß man sich von allen Seiten zeigen darf.

Aber die Welt hat viele Seiten. Und jeder Mensch hat eine Familie.

Ich fürchte ja auch keineswegs nur die Frauen mit acht Kindern, ich fürchte auch die, die gar keine Kinder haben, aus Prinzip.

Wenn ich da sage, ich wäre beinahe in den Teich gegangen, wenn es nicht gekommen wäre, bei der Überbevölkerung, jedenfalls im Weltmaßstab, bei den ökologischen Problemen, bei den sozialen Verhältnissen!

190

Nun ja, ich habe auch meinen Stolz. Gespräche, deren Ausgang ich kenne, führe ich nicht mehr.
Wir sind dann über Waldshut nach Basel gefahren. Und von da ist es ja nicht mehr weit nach Lyon, Orange und Avignon.
In Avignon haben wir uns unterhalten, mein Mann und ich. Er hatte mir das Leben gerettet, er fuhr mit mir auf der Landstraße, und er sah zufrieden aus. So wie immer. Nur manchmal nicht. Bei wirklichem oder eingebildetem Notstand nicht. Also immer dann, wenn er denkt, es müßte etwas geschehen.
Jetzt dachte er konservativ. Es war alles zuviel gewesen. Die Emanzipation bringt wirklich Unglück. Jedenfalls Durcheinander.
«Wir hätten in dem kleinen Haus bleiben sollen», sagte ich.
Das fand er auch.
Das ganze Klima überhaupt war zu offen. Das ist die sozial-liberale Koalition. Sein Vater war ja schließlich für die große Koalition gewesen. Wenn er nicht gestorben wäre, wäre er Minister in der großen Koalition geworden. Der «Spiegel» hat sogar gemeint: Bundeskanzler. Aber auch der «Spiegel» kann sich irren.
Jedenfalls, es gibt keine Grundwerte mehr. Es gibt nur noch den Prozeß. Wer macht den Prozeß? Die Konservativen können es nicht sein, die sind ja schließlich konservativ.
«Wir befinden uns in einem Vakuum der permanenten Reform! Die Substanz stirbt ab», sagte er.
So war es. Ich wäre ja beinahe auch gestorben.
«Der Fortschritt ist ein Rückschritt», sagte er.

Ich war ja auch immer fürs Land gewesen: ein kleines Gärtchen, Kürbis, ein Schaf.

«Wir suchen uns ein Haus», sagte ich, ein Haus auf dem Land.

Das fand er eine gute Idee. Aber man müßte auch etwas für die Allgemeinheit tun.

«Daß sie auch auf dem Land leben kann?» fragte ich.

Ja – in übertragener Form –, er würde sagen: ja.

«Vorrangig ist natürlich die Frage der Grundwerte», sagte er.

«Keine Emanzipation», sagte ich.

«Keine materielle Ausrichtung», sagte er.

«Die Familie», sagte ich.

«Keine Experimente», sagte er.

«Religion», sagte ich.

«Freiheit», sagte er.

«Naturschutz», sagte ich.

«Umweltpolitik», sagte er.

«Kleine Schulen», sagte ich.

«Dezentralisation», sagte er, «und überhaupt, man muß die Wahlen im Auge behalten.»

«Ja», sagte ich, «und die Familienpolitik der sozialliberalen Koalition.»

Das war am achtzehnten Februar 1974 in Avignon.

Im März fuhren wir zurück. Im Mai hatten wir das Haus gefunden. Es war sehr groß und sehr alt. Ein Fachwerkhaus.

Wir würden viel damit zu tun haben. Das war uns recht.

IV

Ende Mai war die Zigeunerin gekommen. Und wir
hatten das erstemal wieder zusammen geschlafen. Seit
dem November nicht. Er schonte mich ja. Aber seit
dem Abend, wo es so ein bißchen wehte, hat er das
nie mehr getan. Und seitdem bin ich immer gesund.
Im nächsten Mai kam das Kind. Unser zweites Kind.
Es hat uns zu Eltern gemacht. Es hat ein Gesicht, als
hätte es sich das so ausgedacht.
An ihm habe ich nur acht Tage gelitten. Das war im
Krankenhaus. Sie wollten es nicht hereinbringen.
Jedenfalls morgens nicht. Ich hätte zu wenig Milch.
Das konnte sein. Aber ich wollte es trotzdem sehen.
Vielleicht wäre es ja auch genug Milch. Ich lag schon
um drei Uhr wach. Wenn sie um fünf mit den Kin-
dern über den Gang kamen, auf kleinen Rollwagen –
das hatte ich gesehen –, war es nicht dabei. Vielleicht
waren auch noch andere Kinder nicht dabei. Jedenfalls, von drei Uhr morgens bis um zehn Uhr morgens
habe ich auf es gewartet. Jeden Tag.
Heute wundert mich das. Damals wußte ich mir nicht
zu helfen. Meistens habe ich das Kopfkissen auf das
Gesicht gelegt und darunter geweint, damit es nicht
so auffiel.
Trotzdem vermisse ich es heute manchmal auch.
Heute kann man es zwar rufen. Es heißt Nele und ist
drei Jahre alt.
Nele ist immer beschäftigt. Und jeder Tag hat ein
unverrückbares Gesicht. Morgens guckt Nele aus

dem Fenster. Und dann sagt sie zu dem Tag, was für ein Tag er sein soll: ein schläfriger Tag; ein besonderer Tag; ein dummer Tag; ein Krokodilbuchtag; ein Jesustag; ein Alter-Esel-Tag; ein liebenswürdiger Tag; ein Medizintag; ein Schultag; ein Hasen-und-Enten-Tag; ein Besuchtag; ein Festtag.

Sie zieht sich alleine an. Sie ist sie. Ich darf sie nur ganz selten auf dem Schoß haben.

Auch unser erstes Kind war so. Beide Kinder sehen so aus, als täten sie uns einen Gefallen, indem sie da sind. Wenn wir uns behaupten: «Ohne uns wärt ihr gar nicht da», gucken sie, als glaubten sie es nicht. Sie wären sowieso zu uns gekommen.

Unser größeres Kind war uns manchmal sogar überlegen, hatte jedenfalls öfters eine gute Idee. Unser kleineres Kind nicht. Aber vielleicht fehlt uns jetzt auch weniger, so daß es nicht auf die Idee kommt.

Da bei uns nicht gebetet wird, haben wir eine Jesusecke. Eines Tages jedenfalls hatten sie Jesus entdeckt. Wir haben Bücher, wo er abgebildet ist. Sie haben ihm von sich aus einen besonderen Platz reserviert. Und gucken immer ganz mitleidig, wenn sie in die Ecke gehen, so als hätte da einer guten Willen, aber könnte nicht mithalten.

Auch der Vogel, der sich mit den Füßen in der Dachrinne verfangen hatte und erst wieder erholen mußte, kam in die Jesusecke. So wie Kratzetoffi in die Jesusecke muß, wenn er etwas verbrochen hat. Das ist unser Kater. Ich mußte auch einmal in die Ecke, als ich Nele nichts von meinen Brüsten abgeben wollte.

194

Sie wollte eine Dame sein, und dazu brauchte sie Brüste. Dann sollte ich ihr welche im Kaufhaus kaufen. Aber da gibt es ja keine zu kaufen.

Unsere größere Tochter übt täglich Ballett. Sie wird eine große Tänzerin und zieht in die Stadt. In der Stadt wird sie sich nicht verheiraten. Und niemals Kinder haben. Sie bemitleidet mich, daß ich so dumm war, hierher zu ziehen, wo mich am Sonntag niemand sieht, wenn ich schön angezogen bin. Sie wird später jeden Sonntagmorgen auf einer großen Ringstraße spazierengehen, wo auch noch andere Leute spazierengehen. Und ab und zu wird sie jemanden grüßen und sagen: «Ich habe heute abend Premiere.»

Wenn ich ihr sage, daß Erfolg nicht alles ist, guckt sie so mitleidig wie in die Jesusecke. Ich werde es ihr also nicht mehr sagen, weil sie sonst noch aus Trotz erfolgreich wird.

Man sagt, Mütter und Töchter verstehen sich nicht. Ich glaube nicht, daß das so ist. Allerdings üben sie an ihrem Vater keine Kritik. An mir üben sie Kritik.

Ihr Vater ist die Wiese. Wie er meine Wiese war. Dann bin ich manchmal neidisch. Sie reiten auf seinen Schultern.

Weit. Sie sagen ihm, was sie bedrückt. Das sagen sie mir und der Jesusecke nicht. Da sind sie souverän.

Wenn wir noch mehr Töchter bekämen, würden sie alle ihn bevorzugen. Er ist größer, stärker, stiller. Er träumt oft mit offenen Augen. Wenn er nicht gerade findet, es müßte etwas geschehen. Auch die Tiere haben zu ihm mehr Vertrauen. Ich habe auch mehr Vertrauen zu ihm als zu mir selbst.

Ihn kritisieren sie nicht, auch wenn er sie zu Kratzetoffi sperrt. Sie klettern aus dem Fenster. Außerdem haben sie zu jedem Zimmer beliebig viele Nachschlüssel.

Abends führen sie uns etwas vor. Wir haben ja kein Fernsehen. Dann sitzen wir in einer Ecke und warten, bis sie kommen. Wir sollen es nicht so langweilig haben. Ohne sie muß es doch ganz langweilig im Haus sein. Sie haben recht. Wenn sie in ihren Betten liegen, ist es zwar nicht so, als ob uns jetzt nichts mehr einfiele, aber es ist doch dunkler im Zimmer geworden.

Manchmal fragen sie uns, womit die Eltern das verdienen, daß sie Kinder haben dürfen.

Das fragen wir uns dann auch. Wenn noch mehr Menschen darüber nachdächten, würden vielleicht alle nicht mehr fernsehen wollen. Es ist ja an sich dumm, jeden Abend fremde Welt in sein Haus zu lassen, wo man sein eigenes Haus noch gar nicht kennt. Die Mutter hat Gedanken hinter ihrer Stirn. Der Vater hat Gedanken hinter seiner Stirn. Die Kinder haben Gedanken hinter ihrer Stirn. Das ist doch eine gute Ausgangslage. Und kommt Besuch, dann hat auch er Gedanken hinter seiner Stirn.

Zu uns kommt jetzt manchmal Suschen Traut. Sie lebt allein, auch in einem Fachwerkhaus, aber das ist viel kleiner. Sie ist aus Ostpreußen gebürtig. Sie hatte zwei kleine Kinder, die hat das Herrgottchen

genommen. Jetzt ist sie alt. Aber ihren Kartoffel-
acker bestellt sie selbst. Wenn sie erzählt, legt sie
die Hände in den Schoß. Dann dürfen die Kinder
wach bleiben, bis sie nach Hause geht.

In unserem Dorf wohnt auch ein Schäfer. Der hat
dreihundert Schafe. Wenn man ihn fragt, erzählt er
auch. Überhaupt erzählen sehr viel mehr Menschen,
als man denkt. Sie trauen sich bloß nicht, wenn sie
nicht gefragt werden.

Unsere Väter waren streng. Wir sind nicht ganz so
streng. Sozusagen überhaupt nicht streng. Unsere
Väter hatten Grundsätze. Wir haben keine Grundsätze. Sozusagen keine Grundsätze. Unsere Väter
hatten über sich den lieben Gott. Wir haben nur
eine Jesusecke. Aber das macht es nicht, auch wir
sind Eltern geworden.

Das fing an, als unser zweites Kind kam. Und das
kann noch viel besser werden, wenn noch mehr
Kinder kommen. Es sind die Kinder, die die Eltern
zu Eltern machen. Sonst bleiben auch die Eltern
Kinder.

Seit wir das wissen, darf er ruhig öfter mit den
Augen einen bestimmten Punkt festhalten und Zukunft sagen. Er darf es sogar ausdrücklich. Aber
auch ich darf jetzt etwas ausdrücklich. Ich darf laut
Paradies sagen.

Wir haben einen Fliederbaum. Der blüht jedes
Jahr. Und einen Kirschbaum. Der trägt einmal im
Jahr Kirschen. Wir haben ein kleines Gärtchen.
Kürbis und Tomaten. Und wenn wir den Schäfer
bitten, gibt er uns eins von seinen Schafen.

V

Eines Nachts hatte ich einen Traum. Jemand sagte zu mir liebkosende Worte. Darüber wurde ich wach.

In Wirklichkeit sagt solche Worte eigentlich niemand zu mir. Meine Töchter nicht. Jedenfalls nicht ausdrücklich. Mein Mann nicht. Er denkt immer noch viel an die Allgemeinheit. Und an die Zukunft. Und an die Töchter. Was ja auch alles sein gutes Recht hat. Mit mir lebt er. Mit mir schläft er. Aber liebkosende Worte sagt er nicht.

Im Traum hatte ich sie aber gehört.

Freundinnen konnten es auch nicht sein. Auch sie sagen keine liebkosenden Worte. Sie liebkosen mich ab und zu, ganz schnell, fast flüchtig, wenn wir uns treffen oder getroffen haben und uns längere Zeit unterhalten haben.

Aber ich hörte liebkosende Worte.

Ich setzte mich im Bett aufrecht hin und dachte nach. Er schlief. Wie er so schläft. Auf dem Bauch. Natürlich hätte ich ihn wecken können, um ihn zu bitten, liebkosende Worte zu mir zu sagen. Aber dann dachte ich, dafür ist er noch zu jung. Ich wußte es bis zu diesem Traum ja auch noch nicht, wie wichtig liebkosende Worte sind.

Ich sagte ihm also nichts und stand leise auf. Draußen zog ich mich an. Es war halb vier. Und Juni. Ich habe die Haustür aufgeschlossen und sie leise hinter mir zugemacht.

Um unser Dorf herum liegen Wiesen. Vielleicht werden sie noch bebaut. Aber noch sind es Wiesen. Ich ging also durch diese Wiesen, auf den Wegen zwischen den Wiesen, und wunderte mich. Warum hatte ich diesen Traum überhaupt geträumt? An Träumen ist man ja nicht schuld.

Selbst Großmutter hatte mich nicht liebkost. Sie war nur mit mir zu verbotenem Markttag gegangen. Und bei jedem Schritt hatte das Schlüsselbund geklingelt. Aber sonst war auch viel Wind. Der brachte Unruhe. Ich mußte ja immer erst zu Großmutter hingehen: Berrenratherstraße, Manderscheider Platz, Wichterichstraße, Wittekindstraße. Außerdem konnte sein, daß Großmutter sterben konnte.

Nur ganz früher, in der Schürze, da hat mich etwas liebkost. Ob das die weißwinzigen Punkte waren?

Aber auch die haben mich nicht liebkost. Mehr verwirrt als liebkost. Es waren so viele. Und das Blaue darunter, der Schürzengrund, konnte genau so gut ein Abgrund sein.

Im Traum aber war ich wie eine Frau geliebkost worden. Ich hatte Schultern. Die sehnten sich. Kinderschultern sind anders. Ich glaube: nicht sehnsüchtig; ich glaube es wirklich nicht.

Im Traum machte ich jemand einen brennenden Vorwurf.

Da kam er. Kam auf meine Schultern zu. Jedenfalls, sie sehnten sich nicht mehr. Ich hörte den Worten zu. Die liebkosten mich. Ich glaube, ich bin nur wach geworden, weil ich sonst unfähig zu leben geworden wäre.

Das dachte ich jedenfalls jetzt auf der Wiese. Wie ist es nur möglich, daß mir so viel fehlt?

Ich setzte mich auf einen Kilometerstein und dachte nach. Bis zum Frühstück mußte ich es herausgefunden haben.

Ich rekapitulierte den Traum. Da war es anders: Der brennende Vorwurf war danach gewesen. Meine Schultern hatten sich erst danach gesehnt. Vorher waren die liebkosenden Worte.

Sie hatten mich überrascht. Sie hatten mich sogar einen Moment lang entrüstet. Wie kommt jemand dazu, mir liebkosende Worte zu sagen!

Erst dann kam der Schmerz. Der Schmerz war total. Meine Schultern vermißten. Ich würde alles immer vermissen. Ich sprach den brennenden Vorwurf aus. Darüber wurde ich wach.

So war es. Was war da zu machen?

Ich stand wieder auf und ging ein Stückchen weiter. Ich sah unser Haus. Es lag ganz friedlich da. In einer Mulde. Wie es eben liegt.

In vierundzwanzig Stunden würde es wieder so daliegen. Jedes Jahr würde es alle vierundzwanzig Stunden so daliegen. Im Dezember könnte ich es vielleicht nicht sehen, weil es dann noch zu dunkel wäre. Aber es würde genauso daliegen. Zurück mußte ich heimlich gehen.

Ich ging ganz heimlich zurück, schloß auf, machte das Frühstück. Etwas später saß alles um den Frühstückstisch, arglos.

Nele hatte geträumt: Ein Elefant wäre mit seinem

Rüssel durch ihr Gitterbett gekommen, er hätte sie
gestreichelt, mit dem Rüssel.
Ich sah Nele an. Mein Mann sah mich an, nachdenklich.

VI

Man muß nicht sagen, daß man nicht leben kann.
Man kann es. Aber erst, wenn alles fremd geworden
ist: weißwinzige Punkte in blauem Abgrund,
Radieschen, Schnittlauch, Petunien, Osterglocken.
Auch der Kirschbaum, auch der Fliederbaum, das
eigene Gärtchen, Kürbis und Schaf. Die eigenen
Kinder, der eigene Mann, die eigenen Bücher, die
eigene Unruhe, die eigene Ruhe.
Nichts stimmt. Unter der Ruhe ist Unruhe. Unter
der Unruhe ist Ruhe.
Es war Herbst. Unsere Tochter spielte eine Schnee-
flocke. Die Ballettschule veranstaltete einen öffentlichen Ballettabend im Theatergebäude.
Unsere kleinere Tochter hat ein rotes Gesicht. Sie
will nicht laut sagen, daß sie ihre Schwester bewundert. Aber sie bewundert sie doch.
Sie saß zwischen uns in der zweiten Reihe und sah
heimlich auf ihre Schuhe, kleine blaue Schnürstie-
fel. Außerdem hat sie runde Knie. Sie hat ein
Wollkleid an.

Ihre Schwester ist ganz in Weiß. Weiße Spitzenschuhe, weißes Trikot, weißer, steif abstehender Tüll: der Ballettrock.

Ihre Schwester hebt den Arm, streckt den Arm, beugt den Arm.

Sie macht es nach, nur so ein bißchen, ohne dabei aufzustehen. Sie sitzt und bewegt den Arm in ihrem Schoß.

Jetzt tanzt ihre Schwester, sie tanzt in einer Gruppe. Sie sieht nur ihre Schwester, sie steht mit beiden Schuhen auf dem Sessel, sie ruft sie, laut.

Ich stehe auf, nehme sie an der Hand, wir gehen hinaus. Draußen vor dem Theatergebäude ist ein kleiner Teich. Wir gehen um ihn herum. Wir frieren.

«Jetzt können wir das Stück nicht zu Ende sehen», sage ich.

«Ich will es gar nicht sehen», sagt sie.

Es würde nichts nützen, sie zu trösten: «Kannst du auch, wenn du groß bist.»

Sie wird diese Kunst nie erlernen wollen. Sie wird es vorziehen, einen Gemüsestand zu haben und dahinter zu stehen oder zu sitzen, Kopftuch, Wollhandschuhe, festes Schuhwerk. Und wenn ihre Schwester an ihr vorbeitanzt, wird sie frieren müssen, das leichtfertige Ding.

Aber schließlich, wer weiß, wird sie doch die Tür immer etwas angelehnt lassen, für den Fall, daß ihre Schwester durch die Stadt kommt. Sie kann sich ja etwas an der Lunge holen, in ihrem dünnen Zeug. Sie muß sehen, daß der Ofen nicht ausgeht, und alles zurechtlegen für eine heiße Gemüsesuppe.

Jedenfalls sieht sie mich strahlend an – dicke rote Backen, aber jetzt vor Kälte: «Mal gucken, was Julia macht.»

Wir gehen zurück. Sie geht vor mir, nimmt ihren Platz wieder ein und sieht ihrer tanzenden Schwester unendlich mitleidig zu.

Immer, wenn ich ratlos war, habe ich meine Töchter betrachtet. Unterschiedliche Töchter. Überspannt die eine, handfest die andere. Wie ich. Nur daß sich beides in mir abwechselt. Bei den Töchtern ist es noch rein. Getrennt. Dafür lieben sie sich. Wenn sie zusammen sind, fällt es kaum auf. Da wirken sie beide überspannt oder handfest, je nachdem. Je nachdem, was sie vorhaben oder ausführen.

Jetzt sind wir vier Jahre in unserem Haus. Ich habe gelernt, mit der Wunde zu leben. «Mit dem Zwiespalt», sage ich heute. Früher habe ich auch «mit dem Zwiespalt» gesagt. Heute sage ich es wieder. Ich kann alleine stehen und kann es nicht.

Ich bin im Haus. Ich gehe aus dem Haus. Ich komme in das Haus zurück.

Es ist nicht so wie in dem kleinen Haus: Wir sind nicht mehr zu zweit. Es ist auch nicht wie in der Stadt: Wir sind nicht mehr jeder für sich. Ich muß mich nicht mehr emanzipieren. Ich muß die Emanzipation auch nicht mehr verdammen.

Das habe ich bereits getan. In dem Buch, das ich für wirkliche Frauen schreiben sollte und auf das mir dann auch so viele wirkliche Frauen antworteten, von Frau zu Frau. Für die Familie, die Kinder,

den Mann. Gegen die Verfraglichung der Grundwerte, gegen den Fortschritt, gegen die Stadt.
Zuvor hatte mein Mann ein ähnliches Buch geschrieben. Danach saßen wir in unserem Gärtchen.
Wir zweifelten. Nur so ein bißchen, aber immerhin.
«Hättest du nicht lieber die lesbischen Geschichten
veröffentlichen sollen?» fragte mein Mann.
Ich pflückte Tomaten ab und deckte den Abend-
tisch. «Nein», sagte ich.
In der Nacht fragte ich mich, warum ich die lesbischen Geschichten überhaupt geschrieben hatte,
wenn ich sie nicht veröffentlicht wollte. Aber das
lag doch lange zurück, lange vor dem Buch für
wirkliche Frauen.
Das war im Herbst 1977. Ich saß viel auf der Bank
vor der Haustür und stickte. Wir haben Tellerrega-
le. Die stauben so leicht. Den Vorhangstoff hatte
ich mir aus der Stadt besorgt.
Ich hielt noch immer regelmäßig Vorträge. Vor dem
Hausfrauenbund, der katholischen Frauengemein-
schaft Deutschlands, vor den katholischen Land-
frauen. Im Winter sollte ich im Südschwarzwald
sprechen. Wem zuliebe sollte ich die lesbischen Geschichten veröffentlichen? Den Männern konnte es
nicht recht sein, den wirklichen Frauen schon gar
nicht, und die nicht wirklichen verdienten es nicht.
Warum fielen sie auch so aus der Rolle und lebten
nicht anständig! Wie ich.
Das waren auch die Tage, wo ich unaufhörlich Ge-
flügel briet. Mit Füllung. Jeden Kuchen selbst back-
te.

Nachts mehrten sich die Zweifel: Musterhaft, musterhafter, am musterhaftesten.

Ich beschloß, Besuche in der Stadt zu machen.

In der Stadt stellte ich fest: Es gibt zwei Arten, konservativ zu sein. Die einen sind es schon immer, die anderen werden es später, nachdem sie demonstriert haben. Das werden dann meistens die lebenslänglichen Beamten. Jedenfalls ist nichts so aussichtsreich für eine Beamtenlaufbahn wie vorangegangene Teilnahme an Demonstrationen. Natürlich müssen es gemäßigte Demonstrationen gewesen sein, oder man muß auf gemäßigte Art an ihnen teilgenommen haben.

Zuerst ging ich auf Besuch zu den Leuten, die früher demonstriert haben. Die sind heute Juristen und Lehrer. Dafür haben sie ja auch demonstriert. Es sind nette Leute geworden, eigentlich genau so nett wie die anderen, bei denen ich danach auf Besuch war und die immer schon konservativ waren und deshalb erst gar nicht demonstriert haben. Die sind heute auch Juristen und Lehrer.

Jedenfalls konnte ich auf beiden Besuchen genau dieselben Worte sagen.

Danach bin ich zu Susanne gegangen. Die ist über die FBA Kindergärtnerin geworden. Die FBA ist die Frauenbefreiungsaktion in Köln. Sonst wäre sie womöglich Mutter geworden. Das kann man einem Kind nicht mehr zumuten.

Das findet Maria auch. Maria ist auch Kindergärtnerin. Schon Tante Mechthild, Marias Tante, war Kindergärtnerin.

Maria ist auch schon sechsunddreißig, katholisch. Und hat keinen festen Freund, auch keinen nicht so festen. Susanne ist gesinnungslesbisch. Da hat man auch keine festen Freunde, auch keine nicht ganz so festen.

Jedenfalls auch bei Maria und Susanne konnte ich genau dieselben Worte sagen, hörte ich auch dieselben Worte: «Fest angestellt. Keine Experimente. Kinder sind ein Risiko. Männer natürlich auch.» Allerdings finden sich Maria und Susanne progressiv.

Die Juristen und Lehrer, die von vorneherein nicht demonstriert hatten, fanden sich auch jetzt nicht progressiv. Und die anderen Juristen und Lehrer, die vorher demonstriert hatten, wollten jetzt nicht mehr progressiv genannt werden, das läge doch sehr zurück.

Auf dem Heimweg war ich nachdenklich. In Dieringhausen stieg ich um. Der letzte Bus war schon weg. Ich ging die vier Kilometer zu Fuß. Es ist ja nur den Berg hinauf.

«Man muß zu seiner Geschichte stehen», dachte ich, als ich oben stand.

Oben traf ich außerdem den Schäfer. Er ging auch zu Fuß. Die Herde hatte er im Schafstall über Nacht.

«Pah», sagte er, «ich wähle überhaupt nicht.»

«Überhaupt nicht?» vergewisserte ich mich starr vor Schreck, «dann sind Sie also ein Staatsverdrossener?»

«Ein was?»

«Ein asoziales Element.»

Da zuckte er mit den Schultern.

«Pah», machte er noch einmal, «Hälmli ist schlimm dran.»

«Wer?» fragte ich.

«Das Jungschaf», sagte er.

VII

Ich war also einverstanden, die Geschichten zu veröffentlichen. Vielleicht gibt es auch noch eine dritte Art, konservativ zu sein. Wie der Schäfer. Oder wie ich.

Sie wurden jedenfalls mein viertes Buch. Ich habe keinen Brief von irgendeiner Frau dazu bekommen. Wirkliche Frauen konnten mir ja jetzt nicht mehr schreiben, und die anderen tun auch nur so, als ob sie keine wirklichen Frauen wären; aus irgendeinem Grund wollen sie es nur nicht zugeben, daß sie wirkliche Frauen sind.

Vielleicht allerdings wären sie auch lieber selbst Männer geworden. Aber auch das heißt ja nicht, daß sie Frauen lieben. Im Gegenteil. Wenn sie lieber selbst Männer geworden wären, lieben sie Frauen meistens nicht.

Ich aber wäre nie lieber ein Mann geworden. Es ist sehr schwer, heutzutage ein Mann zu sein. Trotzdem – die Frage war: War ich eine wirkliche Frau? Ich fragte meinen Mann.

Das war an einem Morgen. Wir waren auch schon länger nicht mehr zusammen spazierengegangen. Wir beschlossen, in den Wald um Schloß Krottdorf zu gehen.

Zu Mittag haben wir Forelle gegessen. Dann sind wir in den Wald hineingegangen. Die Sonne schien, bißchen so, durch die Zweige. Wir mußten lachen. Außerdem war da ein Pfeil «Zum Heldenfriedhof». Wir schlugen den Weg zum Heldenfriedhof ein.

Aber es war nur ein Pfad. Der kletterte hoch. Höher. Zwischendurch kam einfach Wiese, nichts mehr von einem Pfad. Dann wieder der Pfeil, als wir es schon nicht mehr erwartet hatten, «Zum Heldenfriedhof».

Auf dem Heldenfriedhof waren vierundzwanzig kleine Gräber. Jedenfalls Hügel mit Kreuzen, Holzkreuzen. Wir lasen die Namen.

Sie waren alle gleichzeitig gestorben. Vorher hatten sie etwas gleichzeitig verteidigt, einen Stützpunkt ganz in der Nähe, außerdem hatten sie alle das gleiche Geburtsdatum: 1922.

Dann waren sie alle genau zweiundzwanzig Jahre alt geworden, von 1922 bis 1944 hatten sie gelebt.

Schön kühl war es hier. Wie es um Heldenleben sein muß.

Wir faßten uns an der Hand. Gingen über den Berg ins nächste Tal hinunter.

Das war im Mai. Ich aber hatte Sehnsucht nach Wald. Ich hatte auch noch so viele Fragen.

Außerdem kommt im Bergischen Land, wo wir

wohnen, nach Wiesen immer wieder Wald, so wie nach einem Tal immer wieder ein Hügel.

Er ging geradeaus. In Gedanken beim nächsten Hügel.

«Kannst du dir eine Parteienlandschaft ohne FDP vorstellen?» fragte er.

«Man kann sich alles vorstellen, das weißt du doch.»

«Mit dir kommt man nicht einen Schritt weiter.»

«Wohin wolltest du denn kommen?»

Er sieht mich an: «Grundsätzlich», sagt er, «meine ich.»

«Lägst du lieber auf dem Heldenfriedhof?»

Er antwortet mir nicht.

Später kommen wir durch ein Dorf. Mit Hühnern; auch ein Hahn. Ich grüße alle Leute unter dem Gehen. Er hat es nicht gemerkt; erst als sie mich zurückgrüßen, merkt er es.

Er faßt mich unter den Arm.

«Die ‹Grünen› werfen ernst zu nehmende Fragen auf.» Ich bin davon überzeugt.

Er spricht über einen geplanten Autobahnbau. Ich wünsche mir ein Gewitter. Unser Haus ist zu groß. Jetzt weiß ich es ganz deutlich.

«Wir sollten es verkaufen», sage ich laut.

«Was?» fragt er.

«Unser Haus.»

Er sieht mich fassungslos an: «Und dann?»

«Dann suchen wir uns eine Hütte.»

Er geht geradeaus.

«Dann müßten wir, wenn wir uns darin bewegten, immer aneinander anstoßen. Wie fändest du das?»

Er geht geradeaus. Es ist alles umsonst.

«Gestern habe ich mit ihm geschlafen», sage ich.

«Was war gestern?» fragt er. «Wo warst du da?»

«Weißt du doch.»

Er weiß es nicht. Außerdem waren wir den ganzen Tag zu Haus. Das weiß er auch nicht mehr.

Er bleibt stehen: «Wir können ja auch umkehren.»

«Nein», sage ich, «wir müssen ankommen.»

«Wo?» fragt er und sieht mich ungläubig an.

So ist es immer, so wird es auch bleiben. Trotzdem hatte ich gesiegt.

Hinter dem Dorf mit den Hühnern und dem Hahn kam wieder Wald. Im Wald war er still, die Schultern leer. Er hat immer noch lange Wimpern.

«Jetzt sind wir uns schon zwölf Jahre treu», sage ich und setze mich ins Moos. Er bleibt vor mir stehen. Zweifelnd. Aber sozusagen nicht.

«Sicher», sagt er, «wenn die Autobahn wie geplant...»

«Was meinst du?» frage ich.

«Wo sollte die Hütte denn liegen?» fragt er und setzte sich auch ins Moos.

Aber durch Wald kann man ja nicht hindurchsehen. Außerdem ist ein Hügel davor. Viele Hügel sogar.

VIII

Ich muß mich jetzt verabschieden. Und alles Weitere offen lassen, weil ich es noch nicht gelebt habe. Was man nicht gelebt hat, das weiß man nicht.

Ich kann nur sagen: Noch sind wir in unserem Haus. Nele allerdings war für die Hütte. Aber Julia hat die Nase gerümpft. Außerdem wäre der Weg zur Ballettschule noch weiter. Wer Ballerina werden will, muß täglich üben. Mit einem Wort, sie braucht die Nähe der Stadt.

Großmutter war auch immer fürs Offenlassen, hatte jedenfalls keine so sehr deutlichen Vorstellungen, wie etwas sein muß. Aber hat noch mit siebzig Jahren Grübchen gehabt, und das bei ihrem Lebenswandel. Sie mochte ja auch nicht direkt zu leugnen, daß es vorkam, daß Leute sterben.

Meine Mutter findet immer noch: Das größte Glück ist die Hochzeitsnacht. Auch das kann nicht einfach bestritten werden, jedenfalls, wenn die Hochzeitsnacht nicht unbedingt in der Hochzeitsnacht stattfinden muß.

Tante Wiesenthal hätte übrigens an und für sich auch gerne eine Hochzeitsnacht gehabt. Aber in Deutschland mußte Tante Wiesenthal froh sein, daß sie überhaupt noch «Morgenstund hat Gold im Mund» singen konnte. Jedenfalls in der Nachkriegszeit in der Speisekammer zwischen Holzfässern mit schwimmenden Gurken und Heringen. Davor allerdings hat auch Tante Wiesenthal nicht gesungen.

Auch nichts in ihr kleines blaues Buch geschrieben, sondern einfach abgewartet.

Großmutter hat im übrigen recht behalten, als sie sagte: «Es geht vorbei.» Nur, Tante Wiesenthal war manchmal kleinmütig. Großmutter hin und wieder auch. Aber das nur ganz selten.

Später hat außerdem Onkel Mohn Tante Wiesenthal für vieles entschädigt, wenn auch nicht für alles; aber für alles wird ja niemand entschädigt.

Deshalb sagt auch mein Freund Erich: «Nur ich.» Und ich habe es ihm manchmal nachgesagt, aber nur, wenn ich mir allein vorkam; was auch immer wieder vorkommen kann. Seit auch der Schürzengrund ein Abgrund ist. Jedenfalls, man weiß es nicht genau. Es waren so viele kleine Punkte. Die verwirren mich immer noch. Aber manchmal bewegen sie sich auch nicht und liegen ganz ruhig da. Weißwinzig und klar.

Vielleicht ist überhaupt alles klar, seitdem es sich wiederholt hat, seitdem er meine Wiese ist, auch wenn er sie mir eine Zeitlang entzogen hat.

Sechs Jahre waren wir in der Stadt. In der Stadt muß man alleine gehen. Wer das nicht kann, kommt um. In der Stadt gibt es Leute, die machen ihre Türen nicht auf. Dabei wohnen sie Tür an Tür. Wenn man das schon weiß, kann man ruhig in der Stadt wohnen, dann wundert es einen ja auch nicht mehr.

Ich habe überhaupt den Verdacht, daß es die am meisten wundert, die vorher am meisten behütet worden sind, nach denen immer einer auf der Suche war. Wie mein Vater nach mir auf der Suche war: Nonnenwerthstraße 2. Oder – wenn sie auch in verschiedene Richtungen gingen und so taten, als suchten sie mich nicht – Großmutter und Tante Wiesenthal und Onkel Mohn.

Dann macht man sich so seine Vorstellungen. Aber die stimmen nicht. Ich sagte ja: Wenn mein Mann mich in Stuttgart nicht wiedergefunden hätte, wäre es in Stuttgart schlimm ausgegangen.

Aber er hat mich wiedergefunden. Außerdem waren Gastarbeiter da. Die machen jede Stadt heimatlich.

Nur – der beste Schutz muß nicht unbedingt schützen. Bei Sonntagsspaziergängen oder Krankenhausbesuchen oder in Heidelberg, der rote Sandsteinbau, ich meine das Gefängnis, das liegt auch mitten in der Stadt, da gucken bei schönem Wetter die Häftlinge zwischen den Gitterstäben nach unten.

Noch im März bin ich da mit meinem Mann spazierengegangen. Es waren gerade die ersten schönen Tage. Das war dann doch fast so, als ob ich unter den Blicken der Häftlinge alleine spazierengegangen wäre.

Wie gesagt: Unsere Väter sind auch schon tot. Und haben sich so viel Mühe mit uns gegeben. Man weiß nicht so genau, wer sich jetzt mit ihnen Mühe gibt. Auch wenn wir die Jesusecke haben. Das ist auch nur eine Sorge mehr.

Jedenfalls, da weiß man auch nie genau, was daraus geworden ist. Und weil Onkel Mohn die Flügel nicht fertigbekommen hat, bin ich auch nie dazugekommen, mal oben nachzugucken.

Und weil dann auch meine Dissertation nicht abgeschlossen wurde, die mit der Leiter an das kleine blaue Loch, sind auch bei der Literaturwissenschaft noch Fragen offen.

Aber da war ich ja gleich skeptisch gewesen. Wo soll man denn auf Zuckerrübenfeldern die Leiter anlehnen? Später, in der Stadt, war das sowieso keine Frage mehr, jedenfalls solange nicht geklärt war, welchen Beitrag das kleine blaue Loch, also das Werk Robert Musils, zur Zerschlagung der Bourgeoisie leistet.

Selbst habe ich mich auch nie einfach entscheiden können, die Bourgeoisie zu zerschlagen. Bei Demonstrationen stand ich immer hinten. Außerdem war das ganz selten; ich war ja auch schwanger.

Mir war auch nie ganz klar, wer zur Bourgeoisie gehört. Vielleicht hätte ich mich getäuscht und jemand wie Tante Wiesenthal oder Onkel Mohn oder auch Onkel Julius von der Post mit der Bourgeoisie verwechselt. Selbst wenn das seine Richtigkeit gehabt hätte, daß sie zur Bourgeoisie gehört hätten, hätten sie doch nicht viel Vorteil davon gehabt.

Da war mir das kleine blaue Loch trotzdem lieber, auch wenn es unser Streitpunkt geblieben ist. Er meinte Unendlichkeit, und ich meinte Paradies.

Fast hätte er gesiegt. In der Stadt. Da ging er morgens aus dem Haus, da ging ich morgens aus dem Haus, da ging unser Kind morgens aus dem Haus. Er ging zur Arbeit, es in den Kindergarten, ich in die Emanzipation.

Auf den Dämmen Richtung Worringen war viel Wind. Wer ist schneller, die Schiffe oder ich?

Hatte ich deshalb die Schule geschwänzt?

Alle Männer gehen zur Arbeit. Alle Kinder gehen in den Kindergarten. Alle Frauen emanzipieren sich oder werden sonstwie selbständig; versagen im Supermarkt nicht; bestehen die Fahrprüfung; gehen zum Friseur.

Sie suchen nicht Zuflucht bei Sankt Severin, auch nicht bei Sankt Kunibert, auch nicht bei Sankt Ursula, bei Sankt Maria Himmelfahrt, Sankt Andreas, Groß-Sankt Martin. Sankt Maria im Kapitol, Sankt Maria in Lyskirchen, Sankt Pantaleon, Sankt Peter, Sankt Aposteln. Sie fahren nicht Anhalter, sie mogeln nicht, auch nicht in Erwachsenenbildungsstätten, wenn sie da schon einmal angestellt sind. Sie sehnen sich nicht nach spastischen Kindern zurück, träumen nicht von Maria. Maria kommt doch nicht, auch wenn die Enten mit den Flügeln schlagen am Teich. Sie wollen auch selbst in keinen Teich gehen. Wenn das Kind nicht kommt oder im dritten Monat stirbt oder im vierten oder im achten. Sie schreiben keine Bücher, tanzen nicht Striptease, gehen nicht mit Pazifisten, meiden die lesbische Liebe, begehen Ehebruch oder träumen von Ehebruch.

Ich kann von Ehebruch nicht einmal träumen. Hingabe ist nur einmal, Hingabe dieser Art jedenfalls.

Selbst Großmutter hat nur einen Mann geliebt. Und das war ihr Mann. Ich liebe auch andere Männer. Aber nicht so, nicht ehelich. Ich bin beschränkt.

Das Paradies ist eine Beschränkung. Ich will das Paradies.

Jeder Mensch hat nur ein Paar Eltern. Mit denen will er in einem Haus leben. Oder in einer Hütte. Bis er groß ist und denkt: «Ich bin ein Mann, ich muß mir eine Frau suchen.» Oder: «Ich bin eine Frau, ich muß mir einen Mann suchen.» Dann geht der Mensch so für sich spazieren.

Zum Beispiel auf der Poppelsdorfer Allee. Und dann trifft er einen anderen Menschen, vom anderen Geschlecht. Es verwirrt ihn ein bißchen. Vielleicht hat er auch gerade einen Schuh verloren. Und fragt den anderen: «Willst du mir nicht helfen, den Schuh zu suchen?» Das tut der andere Mensch. Und sie suchen den Schuh gemeinsam. Später heiraten sie. Noch später suchen sie gemeinsam nach den Schuhen ihrer Kinder. Daß Kinder auch immer so unordentlich sein müssen! Jedenfalls, das ist das Paradies. Aus meiner beschränkten Sicht der Dinge.

Aber gegenüber dem Paradies wohnt die Welt. Manchmal kommt die Welt auch bis dicht an das Paradies heran, liegt einfach vor der Tür. Selbst bei dem kleinen Haus hinter dem Eisentor lag sie manchmal vor der Tür, jedenfalls vor dem Tor. In der Stadt fuhr sie sogar zum Fenster herein.

Als er wollte, daß ich mich emanzipiere, ging ich einfach in die Welt. Von außen kann man den Unterschied ja nicht sehen. Außerdem kannte ich die Welt schon ein bißchen. Und man trifft immer wieder Freunde. Nicht oft, aber manchmal.

Manchmal verliebt man sich auch und balanciert so

216

ein bißchen. Damit es nicht geradezu auffällt. Jedenfalls, das ist mir einige Male passiert. Manchmal mit Männern, manchmal mit Frauen; öfter mit Frauen, das gebe ich zu. Aber auch das muß ich offen lassen. Großmutter hat es ja auch offen gelassen. Ich glaube auch nicht, daß das eine Grundsatzfrage ist. Fest steht nur: Wenn man unter Menschen ist, kann es passieren, daß man sich verliebt. Es kann auch vorkommen, daß man liebt. Das hat dann überhaupt nichts mehr mit dem zu tun, was einer ist: ein Mann, eine Frau, ein Kind, ein Tier. Es kann auch ein Blumentopf sein. Ich erzählte das ja. Es kann sogar eine kleine weiße Wiesenblume sein, wie es weißwinzige Punkte in einer Küchenschürze sein können.

Jedenfalls, jetzt haben wir ein Haus. Es ist vielleicht zu groß. Wenn man sich verlassen vorkommt - zumindest tagsüber -, muß man erst Treppen steigen. Aber wir haben uns ja dann doch gefunden. Und seitdem liegen wir wenigstens nachts nebeneinander. Und wenn er ganz erwachsen ist, werde ich es auch wagen, ihn mitten in der Nacht zu wecken, damit er mich mit Worten liebkost.